S P R I N G

每一本好書都是一顆種子，
春天播種在你的心田夢土上。

Spring

S P R I N G

每一本好書都是一顆種子，
春天播種在你的心田夢土上。

Spring

S P R I N G

每一本好書都是一顆種子，
春天播種在你的心田夢土上。

Spring

S P R I N G

每一本好書都是一顆種子，
春天播種在你的心田夢土上。

那些年／我們一起追的女孩。

座位前，座位後。男孩衣服背上開始出現藍色墨點。

一回頭，女孩的笑顏，讓男孩魂縈夢繫了八年，羈絆了一生。

推薦序一

說故事的能力

方文山

我只能說，有些事，還真的有『天賦』這一回事。

「於是我開始跟牆壁說話，卯起來用原子筆在牆壁上塗鴉留言，一個人跟很有義氣卻默不作聲的牆壁討論起漫畫的連載內容，有時還故意提高分貝，讓大家知道即使我身處劣勢，還是不停地戰鬥。」

就這麼簡單的三行字，就已經淋漓盡致生動地描繪出主角凡事不按牌理出牌的無厘頭個性。九把刀的語彙就是如此引人入勝的牽引著你興趣盎然地閱讀下去，一樣是屬於文字的探險世界，九把刀在他小說入口處的小徑上硬是長著跟別處不一樣的羊齒植物。

當李安選擇王度廬原著《臥虎藏龍》改拍成電影，而不是採用擁有華人武俠至尊地位的金庸小說，並且得到第七十三屆奧斯卡金像獎最佳外語片時，這已經賞了一巴掌似地提醒我們一件事——說故事的能力遠比故事本身重要。如果李安是擅長用影像魅力說故事的人，那九把刀就是把文字玩弄於股掌間，熟稔於文字魅力的人。

寫作不難，難的是故事題材的尋找，故事題材的構思其實也不難，難的是作者個人的敘事手法有何特殊，也就是說故事的方法跟別人有什麼不一樣。《那些年，我們一起追的女孩》是一段關於年少輕狂很家常菜的故事，是任何人都擁有過的人生經歷，但九把刀卻硬是有能力讓你花錢去購買他的人生經歷，這種特殊的說故事的能力，在暫時還想不出其他合理貼切的形容詞時，我們姑且稱之為『天賦』。

推薦序二

那些年，我們一起追的女孩

王傳一

學生時代那種青澀的戀情我相信往往是每個人常會想起時莞爾一笑的回憶。現在發現我國中的時候真的是名副其實的暗戀大王，喜歡的女生一堆，可是卻沒有向任何一個女生表白過。美其名可以說是純純的愛，老實說根本就是沒種。

想想自己真是沒用，但是這種回憶卻令人難以忘懷。

「幼稚的我，想讓沈佳儀永遠都記得，柯景騰是唯一沒有在婚禮親過她的人。我連這麼一點點的特別，都想要小心珍惜。我不只是她生命的一行註解，還是好多好多絕無僅有的畫面。」

這句話是我在書中印象很深的一段，要是在我以前暗戀過女生的婚禮上發生如此情形時，我也會跟柯景騰一樣。雖然一個親吻並沒有什麼，但是對一個當初在我心靈中有如女神的女孩來說，那一吻，我希望永遠都藏在我心深處。這一路走來，回憶起讓人最為感動莫名的，也就是剎那間的真情。

這本書《那些年，我們一起追的女孩》我花了很久的時間才看完，看完的當下湧上心頭的卻是滿滿的溫暖。

推薦序三

歡迎你們和我一起進入九把刀的世界

李威

當初會認識九把刀是透過一個知名女藝人的強力推薦，還記得她在說到他的時候，對他的作品如數家珍，介紹得鉅細靡遺。看她滔滔不絕地說，臉上的表情就像一個超級女fans對偶像的崇拜和欣賞，那時心裡就在想：怎麼會有如此這號厲害人物而我卻毫不知情。在她的強迫和威脅利誘之下，我看了我生平的第一部九把刀的小說：《獵命師傳奇》。還記得那時原本不太感興趣的我，在所有不拍戲的空檔裡，唯一做的事就是抱著他的書靜靜地坐在角落埋頭苦讀，雖然其間不時被那知名女藝人嘲諷，但我卻仍然投入在他的文字世界裡而甘之如飴。那時被他充滿創意的故事背景還有滿腔男子漢的武俠熱血所深深吸引，也似乎感覺到一代大師倪匡的那股氣味，而心裡不自覺地訝異著。接下來我又看了他的另一本驚悚類型的作品《樓下的房客》。我心裡的那個驚嘆號變得更大，怎麼會有一個作家可以創造出兩種截然不同卻同時深深吸引人的作品，於是對這個人產生了莫名的欣賞和高度的期待。

沒想到竟能有機會為他還沒問世的新書寫序，更重要的是能比大家更搶先一步看到他的最新作品（這種感覺就像國中時候大家在等最新的少年快報而我卻比大家搶先一步看到的那種驕傲）。那種興奮之情是難以言喻的。因為換我可以跟那位知名女藝人炫耀比大家更早沉浸在他的文字世界裡，真是面子裡子都顧到了。在這裡我一定要大力推薦他的這本新書《那一年，我們一起追的女孩》。對我來說這又是完全截然不同的新風格，充滿了青春無敵的魅力。最特別的是他用自己的故事當成背景，描述他成長過程中的點點滴滴，也似乎跟他一起回到那個每個人都曾有過的美好時光中，時而哄堂大笑時而默默感傷。愛情是這本書的源頭活水，也是最動人的部分。我不想廢話太多，因為我說的不是重點，再怎麼介紹都不會比你們直接進入他的文字世界來的精采和感動。當初，是透過朋友的介紹認識了九把刀。現在，換我把九把刀介紹給你們。最後，歡迎你們和我一起進入九把刀的世界。

推薦序四

被雨困住的城市

『蘇打綠』吳青峰

這天，我在前往台東的路上開始讀一個故事。我很久很久沒有離開台北市，而目的不是工作或表演；也很久很久，沒有在心裡期待，期待天空下一點雨。因為我討厭下雨。

這天，台北和台東同時都下起了雨，好一陣子沒有下雨。我前往台東的安養院探望我奶奶，也好一陣子沒有見到她，甚至連跟我同行的爸爸和姪女，我也都很久沒見到他們了。

「安養院」這個名詞在我心中沒那麼親切，我一直覺得那是個像醫院的地方。我在飛機上一邊讀著九把刀的故事，一邊擔心、抗拒著預設的情景。

但是，故事就這樣在眼睛裡播放了。

下了飛機，爸爸還在跟司機討價還價，我已經坐上計程車。整個人昏昏沉沉的，車窗的風夾帶著牛糞味灌進來，我看著奔跑過的樹木和柏油路，又有一點分不清楚來往的現實和夢。我有時候懷疑，難道對其他人來說，當下、夢、回憶是這麼容易分辨的三樣東西嗎？窗外以不一樣速度移動的前景和遠景，會讓我想到某個深夜在仁愛路奔跑時，隔著眼淚看到的景象；坐在台東的安養院裡，我會想起奶奶在梨山上拄枴杖摘水果的模樣，也會想到正在哭泣的媽媽，但是我分不出來我現在想到的那個場景，是在夢中出現的，還是真的發生過。安養院背後的一條小徑，我好像在那和我的國小同學追逐過，不過再一眨眼，那可能只是十幾年前的回憶跑出來搗亂；念大班的姪女，每次用一種像在偷看帶著害羞，又像在瞪人帶著生氣的眼神看我，偶爾讓我膽戰心驚，記憶的抽屜就翻出一封，在無聊同學的鼓譟、或是起鬨之下，基於惱羞成怒，從來沒有到達女孩手上的情書。這來來往往的一切一切讓我混亂，但是我在這時候把自己寄託在一個故事上。一個，故事上。

於是，除了當下、夢和回憶，現在又多了一個讓我混亂的項目．故事，一個真實的故事。

在九把刀的故事裡面，我常常不管週遭的人，自己點起頭來，並附以一些認同的嗯嗯聲；有時候大笑，從別人的眼神裡回到現實，再以尷尬掩嘴；大多時候我腦中閃過了片片畫面，又快要搞不清楚真實生活和故事了。

例如主角柯景騰是這麼寫他在故事裡面，甄試上大學後的高中生活的：

「白天教室裡，我開始做一些很奇怪的事，例如在抽屜裡種花，把考卷撕成細碎的紙片當雪花到處亂灑在同學頭上。此外，我老是在找人陪我到走廊外打羽毛球，流流沒有聯考壓力的汗。」

這段讓我想到自己甄試上大學的時候，也曾扮演過雪男（相較於雪女）擾亂同學，找人做些無意義的活動。也讓我想到自己班上同學，老是在走廊上做些無厘頭活動，可是卻樂此不疲的生活。

有一些部分，讓我發現自己也有的一些怪癖，原來是大家都會的行為，就像主角把耍盡心機追求女生的感想，跟月亮分享一樣：

「糟糕，我會不會太奸詐了？」我看著月亮。

「不會，你是非常非常的奸詐。」月亮說。

「不客氣。」我豎起大拇指。

原來會對著月亮講話的不是只有我一個人，而且不約而同地，我們的月亮都會回答我們。

在故事裡，那些人物就好像在我周遭七嘴八舌著。拿原子筆戳柯景騰背的沈佳儀，好像就坐在我隔壁排；後來莫名其妙改名變身陌生人的李小華，我好像往窗戶的方向看就可以看到她；阿和、廖英宏、許博淳……這些人都在四周，我環視一圈，賴導就從門外走進教室了……最後我似乎和這些故事的人物都混熟了，搞得我像是他們的朋友一樣，明明是看故事，卻有如聽八卦一樣關心，關心後續發展，關心其他人怎麼想，關心柯景騰會怎麼做……他冒雨剪完頭髮的時候，我可以看見他眼神裡的臭屁，轉身的得意，但是又不得不承認那股帥勁；他看見沈佳儀嘴唇上印著一條小白鬍，講「可愛到翻」的時候，完全可以揣摩那句話的語氣；格鬥比賽的時候，我不經意地露出了慘不忍睹，卻想大呼小叫的表情；男女主角最後坦承彼此的錯過時，我好像也比所有人更懊惱扼腕，放下故事覺得很悶。我不知不覺就被這些生動的細節纏繞住了。

除了這些生動的描寫，他還說了一些很棒的話，他說：

「分手，只需要一個人同意，但『在一起』，可是需要兩個人同時的認可才能作數。戀愛就是要這麼不確定才有趣，不是嗎？」

在他喜歡的女生希望他念醫學院的時候，他的反應是：

「醫學院……還有比這種愛情更激勵人心向上的嗎？死板的父母該清醒一下了，別老是停在戀愛阻擋課業的舊思維，快點督促你們貪玩的小鬼頭談場熱血K書的奮鬥式愛情吧！」

我無法列出所有我點頭如倒蒜的地方，但有很多話、很多部分都讓我深表贊同，就像看到剛剛那段話，自己好像就跟他站在同一條線上，對著那些冥頑不靈的家長說道。

讀這個故事的時候，我人在台東的安養院，溺在情境裡頭，忽然看到『飛魚』的歌詞被引用的地方，竟然不自覺掉了眼淚。我第一次因為自己的歌詞被引用，這麼深深感動。我一向希望自己歌詞的故事不要說得那麼清楚，而是讓聽歌的人解讀，在他們手上完成這些故事。而現在我讀的，不就是我希望的樣子嗎？他這樣寫：

「最近發行唱片的地下樂團『蘇打綠』，有首『飛魚』的歌詞很棒：『開花不結果又有什麼？是魚就一定要游泳？』

沒有結果的愛情，只要開了花，顏色就是燦爛的。

見識了那道燦爛，我的青春，再也無悔。」

對我來說，自己歌詞沒有寫完的故事，在別人的掌心上開了花，顏色就是燦爛的。

讀到故事尾聲，爸爸要我連同姪女一起出去走走。我陪著他們，在安養院裡轉來轉去，天空下著一些絲線般的雨，可是太陽卻很大，我們從魚池繞到小橋，從花園彎過卡拉ＯＫ點唱機，最後我們在一個像是公園，有著一些簡單的遊樂設施的地方坐下。我好久好久沒有跟家人這樣相處，我看著爸爸拿著相機，幫他的孫女東拍西拍，一下推鞦韆，一下壓翹翹板，我想起好久好久以前的自己，已經十幾年沒有拿出親密、撒嬌來面對爸爸的自己。有些回憶遺落著，有時候分不清楚是真是夢，但是這下，我又眼睜睜看見自己站在回憶裡的樣子。悲傷很像影子，沒有人可以讓它隱藏淡去，有時候看起來像消失，但是當我在光下，悲傷就很大。孤獨也是。感嘆也是。

我正在緊張那個剩下一點點就要看完的故事，我擔心我沒有辦法接受最後的模樣。由於沒有耐性，我已經好久好久沒有認真看完一本書，但是在這個被困住的過程中，也已經把自己的感情給葬進去，但是我卻沒有撫平土壤的能力。這點無來由的悲傷，卻在我的嘴角上變成微笑，我看著他們，自己在旁邊蕩啊蕩的，偶爾看看天上的雨絲，偶爾看著他們入神，偶爾隔著眼中的雨滴看著他們想過往的事，想故事中的情節。

我走在爸爸和他孫女的背後，翻索十七年前的回憶。十七，多美麗的數字。十七年前的回憶，幾乎都是和夢混雜難分的模糊地帶了。陽光和雨也混雜難分，我好久好久沒有這麼喜歡一場雨了，我喜歡自己被困在這，被雨困住的城市。

《那些年，我們一起追的女孩》。眼前這個六歲的女孩，以後也會這麼難懂吧，也會這麼精采吧，我想。

前言

五年了，坐在電腦前，頭一次找不到寫作的座標。

在連載《獵命師傳奇》的幾個月裡，我一直沒有間斷過獨立故事的創作。《愛情兩好三壞》、《殺手》、《少林寺第八銅人》等，創作的幅度持續擴大，依舊不受限於類型的羈絆。

同一時間創作兩、三個故事已是常態。在這樣不斷的自我訓練下，所謂的「寫作風格」對我來說已是奇怪的名詞。我的大腦就像一排閃著紅燈的延長線，上面有好幾個電源插座，各自標示著不同故事題材所需要的能量。每次開啟新的故事，就只是將插頭接上插座，啪答一聲，便開始了想像力的冒險。

對於一個題材取之不盡的作家來說（好啦！我知道臭屁是我的老毛病），挑選題材最後竟成了煩惱，因為一旦開始了新的創作戰鬥，就意味著接下來的幾個月該放什麼情緒、用什麼節奏，去調整故事與故事之間的焦距時差。

現在又到了我苦思該寫哪個故事的時候。

該輪到哪種題材了？武俠？奇幻？都會？愛情？異想？每一個故事都在大腦的

靈感庫裡敲敲打打，咆哮著放它出去。

「那麼容易就好了。」我嘀咕。

故事是我的翅膀，從來就不是我的囚牢。

只要等到對的風，我就可以開始飛翔。

忍不住開始胡思亂想。過去半年發生了很多事，母親的臥病尤其衝擊家裡所有成員的生命，我在病床旁打開記憶的門，細細碎碎記錄下關於母親、與我年少輕狂的一切。日復一日，就在我用鍵盤傾倒心酸甜蜜的往事時，一股名為「青春」的洪水再度淹沒了我。

「那就寫一段，關於我們的故事吧。」廖英宏戴上軍帽，笑笑。

「是啊，將我們的故事記錄下來吧。」許博淳在美國留學，在bbs的班板寫下。

於是我發現背脊上，悄悄生出了一對翅膀。

「我再想一下。」我搔搔頭。因為風還未起。

然後，她捎來了一通電話……

1

故事，應該從那一面牆開始說起。

一九九〇年夏天，彰化精誠中學國中部，美術甲班二年級。

一個堅信自己雜亂的自然捲髮，終有一天會通通直起來的男孩，由於太喜歡在上課時亂開玩笑、愛跟周遭同學抬槓，終於被賴導罰坐在教室的最角落。

唯一的鄰座，是一面光禿禿的牆壁。

「柯景騰，現在看你怎麼吵鬧！」賴導冷笑，在講台上睥睨正忙著搬抽屜的我。

「是的，我一定會好好反省的。」我打包好抽屜裡亂七八糟的參考書跟圖稿，正經八百擠出一張痛定思痛的臉。

媽的。你們這群忘恩負義的爛同學，我上課不收費努力搞笑，讓大家的青春歡樂到瘋掉，你們竟然這樣對待我？我一邊整理新桌子一邊在心中幹罵。

為了拿到每週一次的「榮譽班」獎狀，賴導對上課秩序的要求很高，採取的管理手段也是高規格的「狗咬狗」政策。每個禮拜一，全班同學都得在空白測驗紙上，匿名寫下上周最愛吵鬧的三個人，交給風紀股長曹國勝統計。

每次統計後的黑名單一出爐，被告狀最多人次的榜首就要倒大霉，賴導會打電話告訴家長這位吵鬧王在學校的所作所為，然後罰東罰西，讓常常榮登榜首的我不勝其擾。

對於這次我被罰坐在牆壁旁邊、近乎孤島地一個人上課這件事，全班四十五個同學都不認為我會輕易就範，個個都抱著看好戲的心態等待接下來的發展。

是的，身為登瘋造孽的黑名單榜首，怎麼可能被這種不像樣的處罰給擊倒？

「哈哈，現在你要怎麼辦？」楊澤于撥著頭髮，黑名單的榜眼。

「幹。」我很賭爛，帶給大家歡笑難道也是一種罪？

「喂，說真的，我沒有寫你喔！」廖英宏指的是黑名單的匿名投票。他本人身為班上的王牌小丑，當然也是黑名單的常客。

「我也沒寫你啊，王八蛋你明明就比我愛鬧。」我說。

但其實我有寫廖英宏，不懂自保就大錯特錯了，這就是匿名下的白色恐怖，逼得大家泯滅友誼交換惡魔的糖果。而且……我也不相信廖英宏沒有寫我。

「柯景騰，你現在超可憐的啦，只剩下牆壁可以講話。」綽號怪獸的鄭孟修，是我的好麻吉，家裡住鹿港，每天搭校車上下學。

「幹。」我比中指。

大家安靜上課我也安靜上課，簡直毫無創意。

我玩著原子筆，看著右手邊的那面牆。

區區一面牆……區區一面牆？只是要給我難看罷了。

「我的青春，可不是一面牆。」我嗤之以鼻。

於是我開始跟牆壁說話，卯起來用原子筆在牆壁上塗鴉留言，一個人跟很有義氣卻默不作聲的牆壁討論起漫畫的連載內容，有時還故意提高分貝，讓大家知道我即使身處劣勢，還是不停地戰鬥。

一個禮拜後，跟牆壁說話的我再度蟬聯黑名單榜首。

毫無意外。

冷硬的黑板前，賴導氣得全身發抖，看著滿臉無辜的我。

「柯景騰，你是怎麼一回事？幹嘛跟牆壁講話！」賴導的額頭爆出青筋。

「老師，我已經有在好好反省了，我會盡量克制跟牆壁講話的衝動。」我難為情地抓頭，手指在腦袋後面比了根中指，全班同學竭力忍住笑意。

賴導痛苦地閉上眼睛，眼皮底下轉著各種壓制我的念頭，全班屏息以待賴導的大爆炸。當時的我非常享受這樣的氛圍，幼稚地將這種懲罰對待當作是聚光燈下的驕傲。

來吧！賴導！展現你身為名師的氣魄！

「柯景騰。」賴導深深吐出一口濁氣。

「是的老師。」我誠懇地看著賴導。

「你坐到沈佳儀前面。」賴導睜開眼睛，血絲滿佈。

「啊？」我不解。

什麼跟什麼啊。

沈佳儀是班上最乖巧的女生，功課好，人緣佳，是個連女生都無法生起嫉妒心的女孩子。短髮，有點小雀斑，氣質出眾。

氣質出眾到，連我這種自大狂比賽冠軍在她面前，都感到自慚形穢。

「沈佳儀，從今以後柯景騰這個大麻煩就交給妳了。」賴導語重心長。

沈佳儀皺起眉頭，深深嘆了口氣，似乎對「我」這個「責任」感到很無奈。

而我，恐怖到了極點的黑名單榜首，竟然要給一個瘦弱的女孩子嚴加管教？全班同學開始發出幸災樂禍的噓聲，楊澤于甚至忍不住大笑了出來。幹！

「老師，我已經有在反省了。真的！真的有好好反省了！」我震驚。

「沈佳儀，可以嗎？」賴導竟然用問句，可見沈佳儀超然的地位。

「嗯。」沈佳儀勉為其難答允，我整個腦袋頓時一片受盡屈辱的空白。

於是故事的鏡頭，從那一面爬滿塗鴉的牆壁，悄悄帶到沈佳儀清秀臉孔上的小雀斑。

我的青春，不，我們的青春，就這麼開始。

2

坐在沈佳儀的前面是什麼感覺？

很俗套的，就如同愛情小說裡九十九個公式中的第七十二種老掉牙，相對於沈佳儀的功課優秀，我是個學校成績很差勁的荒唐學生。

我的數學整個爛到翻掉，肇因於我連負負得正這種基本觀念都無法理解，對因式分解……好端端的分解個大頭鬼？毫無意外，我的數學月考成績罕有及格，甚至創下整個一年級數學月考的最高分竟只有四十八分的難堪記錄！除了數學，同樣需要腦袋的理化也是搖搖欲墜，只要試題稍作變化，我就死給它看。

總括來說，全年級五百多名學生，我常在四百多名遊魂似徘徊。

然而當時我唸的是美術班，對於將來要當漫畫家這件事可是相當認真，不論上課或下課我都在空白作業本畫連環漫畫，畫的故事還以連載的形式在班上傳閱，根本就不在乎學校成績。不在乎，毫不在乎……

回到那個問題：坐在沈佳儀前面是什麼感覺？

我必須痛苦承認……難堪，窘迫，很不自在。

「柯景騰，你不覺得上課吵鬧是一件很幼稚的事嗎？」沈佳儀在我的背後，淡淡地說出這句話。

「這要怎麼說呢……每個人都有自己上課的方式……」我勉強笑笑，答得語無倫次。

「所以你選了最幼稚的那一種？」沈佳儀的語氣沒有責備，只有若有似無的成熟。

「……」我悻悻然挖著鼻孔，看著她的蘑菇頭短髮。

「我覺得你可以將時間花在別的地方。」沈佳儀看著我的眼睛。

「……」我本能地覺得微小，將手指拉出鼻孔。

真是太混帳了。

沈佳儀若問我，為什麼我要擾亂秩序？我便可以哈哈笑回答，我就是壞，壞透啦，但關妳屁事啊？

沈佳儀也可以用力責罵我，叫我好好守秩序不要為她惹麻煩。那麼我就可以回敬，管我去死？成績好了不起啊！

但，沈佳儀偏偏用了「幼稚」兩個字。

功課好的學生到處都是，但沈佳儀那種我說不上來的好女孩教養，那種「在我的眼中，你不過是個根本不知道自己在做什麼的小鬼」的成熟氣質，完全剋住我。剋得死死的。

於是我陷入奇怪的困頓。在其他黑名單常客，如楊澤于、許志彰、李豐名、廖英宏等繼續搗亂上課秩序逗得大家哈哈大笑的同時，我卻因為想開口說個笑話，座位後方就會傳來一聲「真是幼稚」的嘆息，只好抓著頭髮作罷。

我回頭，只見沈佳儀清澈到發光的眼睛，毫不迴避地看著我。

「喂，放心啦，我上課繼續吵鬧的話，賴導就會把我的位子換開，到時候妳就不用煩了啦！」我皺眉，有點煩。

「你其實很聰明，如果好好唸書的話成績應該會好很多。」沈佳儀淡淡地說。簡直答非所問嘛！

「吼，這不是廢話嗎？我可是聰明到連我自己都會害怕啊！」我頂了回去。

「那就好好用功啊，私立學校很貴的耶！」沈佳儀開始像個老媽子。

於是我們就這樣聊了起來，以一種「我的人生需要被矯正」的方式。

沈佳儀的怪癖就是愛嘮叨，明明才十五歲說話卻像個死大人，更嚴重的是沈佳儀竟然會考量未來的事（吼！輕鬆點！）。而我改不掉的毛病卻是幼稚，無可救藥的幼稚，對於未來這種前不著村、後不著店的東西，不就是「我總有一天會成為超屌的漫畫家」如此簡單的事麼？

總之，沈佳儀跟我兩人的能量是處於不斷正負「中和」的狀態，我有預感再這樣下去，我一定無法成為一個幽默的人，個性也會越來越壓抑，變成一個自大不起來的普通人。糟糕透頂。

但無可否認，沈佳儀實在是一個很容易讓人感到舒服的女孩，沒有讓人生厭的好學生架子，功課好也沒聽她自己提過，尤其在與沈佳儀一來一往的日常對話中，我那份自慚形穢很快就變成多餘的情緒。畢竟要遇到這麼漂亮又年輕的歐巴桑可是難能可貴。

怎麼說沈佳儀是個歐巴桑呢？沈佳儀實在是個無敵囉唆的女孩，我必須一直強調這點。

沈佳儀住在遙遠的彰化大竹，但由於搭早班校車的關係，沈佳儀總是到得很早，七點就坐在位子上溫習功課。

每天早上我騎腳踏車去學校，搖搖晃晃、睡眼惺忪將早餐摔進抽屜後，總習慣立刻趴在桌子上睡大頭覺，但沈佳儀會拿起筆朝我的背輕刺，一刺，再刺，直到我兩眼迷矇地爬起，回過頭跟她說話。

「柯景騰，我跟你說，昨天我們家門口來了一隻流浪狗，叫小白……」

「……小白？流浪狗怎麼會有名字？」

「當然是我們取的啊，哎呀我跟你說，那隻小白真的很乾淨，我妹妹昨天拿東西餵牠，牠還會搖尾巴……」

「這麼懂事的狗，喜歡就養了啊？流浪狗有了名字就不是流浪狗了。」

「不可以啦，我家不可以養狗。」

「妳很王八蛋耶，取了名字就要替牠的人生負責不是嗎？」

「……你這樣的想法很幼稚。」

沈佳儀總是在七點半早自習開始前，「把握機會」滔滔不絕地跟我說昨天她家發生了什麼事，事無大小，雞毛蒜皮般的小事情沈佳儀都能說得很高興。

有時我會一邊吃著早餐一邊靜靜地聽她說，有時我會不斷吐槽。她喜孜孜地聊著生活小事的模樣，常看得我啼笑皆非，原來這麼一個努力用功讀書的小大人，私底下卻是這麼愛瞎扯蛋。表面上我都裝作一副意興闌珊的模樣，好逗沈佳儀更賣力地跟我說這些狗屁倒灶。

如果我趴在位子上裝睡，讓沈佳儀的筆在我的背上騷擾太久，我卻依舊無動於衷的話，沈佳儀就會將筆帽拔開，用力朝我的背突刺，痛得我不得不大驚轉身。

「你幹嘛睡得這麼死，昨天熬夜喲？」沈佳儀收起筆，眼中沒有一絲愧疚。

「靠，很痛耶！刺這麼大力要死。」我抱怨，真的很痛，而且原子筆還會在我的白色制服上留下醜醜的藍點。

「熬夜是唸書嗎？你的眼睛都是紅的。」沈佳儀又是歐巴桑的口吻。

「我唸書的話你們這些好學生還有得混嗎？當然是熬夜畫漫畫啊。」我揉眼睛。

「對了，你昨天有看櫻桃小丸子嗎？真的好好笑，小丸子的爺爺櫻桃友藏……」沈佳儀興沖沖地開啟話題。

常常我一邊啃著饅頭加蛋，一邊看著沈佳儀說話的樣子，心中不禁升起異樣的感覺：像沈佳儀這麼優秀的好學生，竟然老是巴著我——一個從任何角度看都很糟糕的壞學生進行「晨報」，真是滑稽至極。更令我沾沾自喜的是，我越是吐槽回去，沈佳儀就越是再接再厲。

後來，沈佳儀便養成跟我在自習課上聊天的壞習慣，聊天的內容從地理課老師的上課方式到慈濟功德會的大愛精神，無所不包。

跟好學生聊天有個好處，就是風紀股長在登記吵鬧名單時，會不由自主迴避掉同樣愛講話的好學生，欺惡怕善可是風紀股長曹國勝的典型。

於是我們肆無忌憚地聊，我跟沈佳儀就這麼成為很不搭稱的朋友。

不管是現在或是以前，成績絕對是老師衡量一個學生價值的重要標準。一個學生，不管具備什麼特殊才能（繪畫、音樂、空手道、彈橡皮筋等），只要成績不夠好，都會被認為「不守本分」，將心神分給了「旁門左道」。反之，一個成績好的學生，只要在其他領域稍微突出一點，就會被師長認為「實在是太傑出了，連這個也行！」，放在手掌心疼惜。

吾校精誠中學當然也不例外。

針對月考成績，本校設立了一個名之為「紅榜」的成績關卡，月考成績名列全校前六十名的好學生可以排進所謂的紅榜，這些人的名字會用毛筆字寫在紅色的大紙上，貼在中廊光宗耀祖。「你這次差幾分就可以進紅榜？」也變成同學間相互詢問的等級劃分。

每個班級進入紅榜的人數象徵一個班級的「國力」，也代表一個班的「品牌」。佔據紅榜的人數越多，賴導臉上的笑容就越燦爛，其他的科任老師也與有榮焉。

「如果這次紅榜的人數全年級第一，放假的時候，老師就帶你們到埔里玩。」國文老師周淑真一宣佈，全班歡聲雷動。

紅榜啊……關我屁事。

雖然不關我屁事，但我唸的是美術資優班，美術是虛幻的形容詞，資優班是名詞，所以我們班很會唸書的同學非常多，每次月考結束後點點紅榜的人頭數目，總是在全年級的前三。這次要衝進第一，也不會是什麼奇怪的事。

「進紅榜啊……請問成績優秀的沈佳儀同學，妳曾經掉出紅榜過嗎？」我拿著原子筆當麥克風，裝模作樣地放在沈佳儀面前。

「不要那麼幼稚好不好？」沈佳儀成績超好，常常都在全校前十名。

「吼，妳很屁喔！妳每天到底都花幾個小時在唸書啊？」我反譏。

「柯景騰，如果你每天都很認真唸書，一定也可以進紅榜。」沈佳儀很認真地看著我。

「我知道啊，我可是聰明到連我自己都會害怕啊。」我嘻嘻笑，一點也不心虛。

關於我沒來由的自信，真的就是沒來由，一種天生的臭屁氣味。

怪獸鄭孟修是我當時最好的朋友，家裡蠻有錢的樣子，每個禮拜都會買最新出刊的少年快報，並常常把少年快報借我回家看，一起關心超級賽亞人跟弗力札最新的ＢＬ狀況。但即使熟捻如怪獸，對我莫名其妙自信這一點也是無法理解。

怪獸住在鹿港小鎮，放學後我常一邊看漫畫一邊陪怪獸等校車。

「柯景騰，你最近常常跟沈佳儀講話耶。」怪獸坐在樹下，看著天空。

「嗯啊。」我翻著少年快報。

「這樣不會很奇怪嗎？她都跟你講什麼啊？」怪獸還是看著天空。

他老是看著天空，害我以為老是看著天空的人都有點沒腦筋。

「什麼都講啊。」我皺起眉頭，繼續翻頁。

「可是她成績那麼好，怎麼有話跟你說啊？」怪獸看著天空，脖子都不會痠似的。

「怪獸。」我沒有放下漫畫，挖著鼻孔。

「衝蝦？」怪獸被天空的浮雲迷惑住。

「我是個很特別的人。」我說，看著手指上的綠色鼻屎。

「真的假的？」怪獸呆呆地問。

「真的，有時候我特別到連我自己都怕啊！」我將鼻屎黏在怪獸的藍色書包上。

月考結束，我們已經坐在前往埔里的公車上。

3

埔里是個好山好水好空氣的好地方。在樹林裡深呼吸，明顯可以感受到肺葉迅速被清爽的空氣給膨脹開，然後捨不得吐出似的飽滿。

周淑真老師帶著班上三十幾個臭小孩，大家嘻嘻哈哈走過山澗上的小橋，穿越耀眼的大太陽底，陽光透過擺動吹拂的樹葉枝幹，在每個人的身上流動著游魚似的光。

擺脫書本的沈佳儀非常開心，跟黃如君、葉淑蓮一路說個沒完，讓周淑真老師非常訝異平常這麼用功的女孩子也有嘰嘰喳喳的一面。

周淑真老師是個虔誠的佛教徒，領著我們先到埔里山中認識的精舍打坐。

「老師，我們為什麼要大老遠跑來打坐啊？」廖英宏舉手。廖英宏的個子很高，成績非常棒，卻很喜歡在課堂上扮小丑搞笑。幽默感是他珍貴的天性。

「對啊，幹什麼要打坐？我們不是來玩的嗎？」許志彰也頗有不解。許志彰的姊姊許君穗也跟我們同班，許君穗是公認的班上第一美女，而許志彰則是黑名單的常客。

「因為你們平常太吵了，所以要打坐修身養性，反省平常的自己。尤其是柯景騰，平常都靠沈佳儀在管教你，來到山上要特別在佛祖前好好打坐反省。」周淑真老師微笑起來，你也只能認輸。

「老師，我這個人一反省起來，連我自己都會怕啊！」我鼻孔噴氣。

到了精舍，幾個得道高人模樣的師父板著臉孔，立刻安排我們魚貫進入靜坐室。

靜坐室鋪著榻榻米，燒著淡淡的焚香，裡頭已經坐了幾個據說在進行「禁語禪七」的高尚大學生。整個房間有種自然的肅穆，就像一百公尺深的海底，打禪七的大學生們就像死氣沉沉的海草，而我們自是頭頂甩著死光砲的燈籠魚了。

「裡面的大哥哥大姊姊在打禪七，你們進去以後不可以出聲，不可以睜開眼睛，不可以睡著！我們是客人，不能妨礙師兄師姐的修行。」周淑真老師嚴肅地告誡。

「安啦老師，我們偶而也會當好孩子的。」楊澤于笑。

我們脫掉鞋子躡手躡腳進去，大家勉強克制平常的活蹦亂跳，在小小的靜坐室裡盤腿打坐。期間不言不語，不能睜開眼睛，更不知道要打坐到什麼時候才算結束，這點尤其令人不耐。

坦白說我本來是有打算認真好好打坐，但怪獸在我旁邊呼嚕嚕睡著這件事搞得我心神不寧，他搖搖欲墜的身體令我不得不睜開眼，亟欲目睹他轟隆倒下的那一刻。

我睜開眼，發覺定性很差的廖英宏也睜開了眼睛，我們相視一笑。

「你看怪獸！」我用誇張的唇語溝通，目光著落到怪獸身上。

「把他推倒？」廖英宏轉著眼珠子，用誇張的唇語建議。

「不，看我的。」我唇語。

我慢動作脫掉襪子，將爬了一天山路、浸了一天汗水的臭酸襪子放在怪獸的鼻子前。熟睡的怪獸突然眉頭一緊，看樣子是在夢境中突然撞上了火焰垃圾山。

「啊，好好玩！」廖英宏身子一震，臉上露出快要爆笑出來的表情。

廖英宏有樣學樣，小心翼翼解開僵硬的盤腿，將長腳伸到專注打坐的許志彰鼻子前，扭動他的臭腳趾。搓搓孜孜。

許志彰的渾然不覺，弄得我忍俊不已。

此時，我跟廖英宏肚子劇烈震動的暗笑聲，已經吸引了許多同學睜開眼睛，大家一陣錯愕，瞬間都震動起來。

「這樣很沒品耶！」楊澤于唇語，臉上卻笑得很陽光。

「不，這樣才叫沒品。」我笑嘻嘻解開盤腿，拎著臭襪子，用凌波微步走到許志彰面前，將臭襪子放在許志彰的鼻子前亂擰，將酸氣唏哩呼嚕擠壓出來。

在我跟廖英宏的腳臭夾攻下，許志彰頗不自然地皺起眉頭。

「原來如此，善哉善哉。」楊澤于恍然大悟，於是泰然自若解開盤腿，努力伸腿到許志彰鼻子前，使勁扭動臭腳趾。

每個睜開眼睛的同學看了這一幕，全都處於爆笑出來的邊緣，連怪獸都醒了。

此時乖乖牌沈佳儀也被周遭奇異的氣氛感染，忍不住睜開眼睛，一看到廖英宏與楊澤于雙腳伺候，加上我索性蹲在許志彰面前擰臭襪子的模樣，沈佳儀噗嗤一聲笑了出來。

這一笑，許志彰立刻睜開眼睛，周淑真老師也睜開了眼睛，幾個打禪七的師兄師姐也睜開了眼睛。罪過罪過。

我迅速穿上襪子，而廖英宏跟楊澤于那兩隻來不及收回的臭腳，則尷尬地停滯在半空中。許志彰臉色大變，幾乎要破口大罵。

周淑真老師氣急敗壞地拎著我的耳朵，拖著我們三個搗亂鬼，加上苦主許志彰一同逃出靜坐室。

「氣死我了，竟然讓我這麼丟臉！你們在外面半蹲！蹲到大家都靜坐完了才結束！」周淑真老師整張臉都給氣白，聽見身後靜坐室傳來一陣驚天動地的爆笑聲，臉色又是一垮。

「老師，我是受害者啦！」許志彰委屈地說，拳頭握緊。

「你一定有做什麼，不然他們怎麼會作弄你！通通半蹲！」周淑真老師怒極轉身，不敢再辯駁的許志彰只好跟著蹲下。

夕陽下，廖英宏、楊澤于、我，跟超級苦主許志彰一起半蹲在靜坐室外，微風吹來淡淡的綠色香氣，坦白說還不算太壞。

「幹你們剛剛是在玩什麼啦！超沒品，幹嘛挑我？是不會挑許博淳喔！」許志彰忿忿不平，氣到連呼吸都很急促。

「是柯景騰先開始的。」廖英宏一個慌亂，竟推給我。超小人。

「哪是，我是在弄怪獸，是廖英宏先把腳伸到你的鼻子前面好不好？」我解釋。

「都一樣啦！是不會挑別人吼！很臭耶！」許志彰半蹲得超不爽。如果挑別人，他大概也會參一腳吧。

「好了啦，反正在裡面也是很無聊，在外面至少不用憋著。」楊澤于一派輕鬆。大而化之的他總是很輕鬆地面對人生的跌倒。

「對啊，十年後來看這件事，一定會覺得超好笑。」我抖抖眉毛，這是我貫徹始終的處事哲學。

「不用等十年，現在就已經很好笑了。」廖英宏吃吃地笑。只要熱鬧的事，他總是不肯錯過的。

我們四人靜靜地吹著涼爽的山風，半蹲到累了，乾脆坐在地上，百般無聊地玩著長在牆角邊的含羞草。含羞草一被手指碰到，葉子就會迅速閉合，個性非常閉塞的一種植物，很有趣。

「對了，許志彰……」我突然在靜默中開口。

「衝蝦小？」許志彰。

「這裡的空氣應該比較新鮮了吧？」我抓著頭髮。

「幹！」許志彰大罵。

我們四個人又同時爆笑了出來。

吃過簡單的晚飯，我們在精舍掛單打通鋪，男生一間，女生一間。晚上山蚊子很兇，兩房間門口都點了一大捲蚊香，女生房間還掛有蚊帳。

隨便洗過澡，男生房間照例開賭，撲克牌、象棋、五子棋全都可以賭。撲克牌就不必說了，象棋的算法是賭勝方剩下了幾顆棋子，就乘以十塊錢。五子棋則是單純的互注，一場二十元起跳。

而我，自信滿滿鋪開了象棋的紙棋盤。

「誰敢跟我下象棋，我輸了的話再多賠一倍。」我撂下豪語。原因無他，因為小時候常跟爸爸下棋的我「自認」象棋功力遠勝同儕，儘管從沒驗證過。

此話一出，果然吸引多名同學排隊跟我大戰象棋。

「太自信的話，會死得很快喔。」許博淳哼哼坐下，排好陣勢。

「吃大便吧你。」我在掌心吹一口氣。

大概是我真的蠻強的吧，我的棋力連同無可救藥的自信一齊展現在棋盤上，每一局都用最快的節奏解決挑戰者，不多久我的腳邊堆滿了「悲傷得很隱密」的銅幣。

兩個小時過去，就連棋力同樣很棒的謝孟學也敗下陣來，已經沒有人夠膽子與我對弈，大家都跑去玩撲克牌賭大老二。

我哈哈大笑，開門去洗手台洗臉清醒一下，準備等會開場豪邁的梭哈賭局。我拍拍溼答答的臉，兀自洋洋得意自己的聰明。

沈佳儀正好也走到洗手台，兩人碰在一塊。

「你們男生那邊在做什麼，怎麼那麼吵？」沈佳儀看著正在洗臉的我。

「在賭錢啊。」我小聲說，手指放在嘴唇上。

「真受不了。」沈佳儀不置可否的語氣。

「還好啦。我超強的，剛剛賭象棋全勝，贏了不少。」我抖抖沾著水珠的眉毛。

「象棋？你們男生那邊有帶象棋來？那等一下你把象棋拿到女生房間玩好不好？」沈佳儀有些驚訝，似乎也會玩象棋。

「沒在怕的啦。」我哼哼。

幾分鐘後，我已經坐在女生房間裡的超大木床上，排開象棋。

所有的女生都圍在沈佳儀後面，興高采烈地看我跟沈佳儀對弈。我們賭的是「贏家剩一個棋子，輸家就賠一塊錢」，真是小家子氣的賭注。

縱使沈佳儀的學業成績再好，在棋盤上的勝負可不是同一把算盤。很快的，我就以風林火山之銳取得了絕對優勢，我打算將沈佳儀的所有棋子一一解決，只剩下孤零零的「帥」，用細嚼慢嚥的「剃光頭」局面劃上句點。

「柯景騰，你今天作弄許志彰的表現，真的是非常幼稚。」沈佳儀搖搖頭。

「幼稚的話妳幹嘛笑？」我拄著下巴。

「拜託，誰看了都會想笑好不好！」沈佳儀反駁。

「妳還敢說，要不是妳笑了出來，我跟廖英宏跟楊澤于怎麼會被罰，連許志彰也不例外。媽的，到了山上還要被罰半蹲是怎樣！」我瞪了沈佳儀一眼。

「強辯，沒收你的馬。」沈佳儀一說完，竟真的將我的「馬」硬生生拔走。

我愣住，這是怎麼回事？

「妳是瘋了嗎，哪有人這樣下棋？」

「你那麼強，被拔走一隻馬有什麼關係，你是不是在怕了？真幼稚。」

「這跟幼稚有什麼關係？算了，讓你一隻馬也沒差啦，我遲早把妳剃光頭。」

「剃光頭？」

「是啊，就是砍得只剩下帥一顆棋。超可憐，响响响响，超慘！」

「好過份。」沈佳儀迅速將我的「車」也給拔走，毫無愧疚之色。

我咬著牙，冷笑，繼續用我僅剩的棋子與沈佳儀周旋。由於我們班女生的腦袋全部加在一起也不是我的對手，很快我又控制了局面。

「將軍抽車。」我哈哈一笑。

「什麼是將軍抽車？」沈佳儀似乎不太高興。

「就是如果妳的帥要逃，妳的車就一定會被我的炮給轟到外太空。完全沒得選擇啊哈哈！」我單手托著下巴，像個彌勒佛輕鬆橫臥在床上。

「你真的很幼稚，連玩個象棋都這麼認真。」沈佳儀嘆了一口氣，好像我永遠都教不會似的……然後伸手沒收了我的「炮」。

「……喂？」我只剩下了苦笑。

經歷無奈的半個小時後，由於我的棋子不斷被沒收，連孱弱的過河小卒也沒放過，最後沈佳儀跟我打成了不上不下的平手。

女生房間門口，蚊香繚繞。沈佳儀將象棋跟棋盤塞在我的手裡。

「你還說你很強，結果還不是跟我打成平手。」沈佳儀關上門。

「原來如此。」我有點茫然地看著關上的門，腦子一片空白。

原來如此。

這場棋局，就像沈佳儀跟我的關係。

多年以後，不論我再怎麼努力，永遠都只能搏個有趣的平手。

4

從埔里回來後，那股象棋風還黏在大家的手上，沒有退燒。

於是磁鐵象棋組便在大家的抽屜裡流傳，每到下課就開戰，上課就收起。而簡單易懂的五子棋也一樣，大家在藍色細格子紙上，用鉛筆塗上圓圓的白圈跟黑圈取代黑白子，下課時十分鐘就可以對決個兩三場，每個人都很熱衷。

而「打敗柯景騰的象棋」，已經成了班上所有男生同仇敵愾的終極目標。

「從現在開始，觀棋不語真君子這句話就當作是屁，你們全部加在一起對我一個吧，別客氣。要是讓我年紀輕輕就開始自大，我的人生也會很困擾的。」我挖著鼻孔，大言不慚。

眾志成城可真不是開玩笑，幾天內我就嚐到了敗績，害我有些不能釋懷。

「這告訴我們人不能太驕傲。」沈佳儀用原子筆刺著我的背，很認真的表情。

「我真搞不懂一群人聯手打敗一個人，有什麼好臭屁的。」我無奈地說。

幾天後，賴導宣佈了一個可怕的消息。

「大家聽好，為了配合教育局的資優班人數政策，我們美術甲班跟美術乙班，都要從現在的四十五人減到三十人，兩班離開的三十人另外成立美術丙班。所以升三年級時我們要用成績當作標準，留下前三十名。想要繼續留在甲班的同學可要多多努力了。」賴導說，眼睛掃視了班上所有人。

此話一出，我可是震驚至極。

自從愛囉唆的沈佳儀坐在我後面起，三不五時就嘮叨我要偶而唸書、不然會考不上我想唸的台北復興美工，我的成績就開始無可奈何地進步。但進步歸進步，我可沒把握能夠留在原來的班級。

「柯景騰，你覺不覺得你會被踢出甲班？」怪獸坐在樹下，呆呆地看著浮雲。

「踢你個頭，顧好你自己吧。」我翻著少年快報，心中的不安就像滴在清水裡的墨珠，一直渲染擴大。

「其實說不定到丙班比較好，比較沒有成績壓力，你就算上課畫漫畫也沒有人管你了。」怪獸建議，看著錶。

第二班校車準備出發了。

「閉嘴啦。」我將少年快報還給怪獸，煩躁地抓抓頭。

就在此時，沈佳儀婆婆媽媽的性格燃燒到了頂點。

自修課上，沈佳儀的原子筆又狠狠刺進我的背，痛得我哀叫回頭。

「你說怎麼辦？不是早就叫你要用功一點嗎？後悔了吧？」沈佳儀瞪著我。

「天啊，又不是妳要被踢出去，瞪我做什麼？何況怪獸說，我到了丙班就可以整天畫漫畫了，不見得不好。」我說，但這並非我的內心話。

「地理課本拿來。」沈佳儀皺起眉頭，不容我反抗。

「幹嘛？」

「快一點！」

我將地理課本遞給沈佳儀後，大約一堂課的時間，沈佳儀又用原子筆刺我，將書還給我，上面都是各種顏色的螢光筆畫線，以及一堆從參考書上節錄下來的重點提示。

「畫線的這些你通通讀熟，月考就沒有問題了。」沈佳儀很嚴肅地告訴我：「然後每天都要算數學，從現在起每次下課我們都來解一道題目。」

「啊？」我又驚又窘，卻沒有膽子反駁正在為我著想的沈佳儀。

「啊什麼？這都是你自找的。」沈佳儀打開上次月考的排名表，指著上面的數據說：「你的英文很好，國文跟歷史很普通，地理不好，數學跟理化都很爛，如果不是你笨，就是你根本沒在唸，要不就是唸的方法不對。你覺得你笨嗎？」

「什麼跟什麼啊？」我無法思考，耳根子燒燙。

「柯景騰，你笨嗎？」沈佳儀看著我，不讓我的眼神移開。

「靠，差遠了。」我呼吸困難。

「那就證明給我看。」沈佳儀瞪著我。

我呆呆地看著沈佳儀。突然間，很複雜的某種東西纏上了我心頭。

一向眼高於頂、慣於嘻嘻哈哈的我，本應非常排斥這樣的窘狀。但我知道不能不接受沈佳儀的好意，被當作笨蛋我也認了，因為我無法迴避緊緊包覆住我靈魂的那股，嚴肅的暖意。

我一點都不想離開美術甲班。

如果被踢出去，我一定會被家裡罵死，而且沈佳儀就只能找謝明和講話了。

嗯，非常刻意地帶到我生平最大的愛情敵手，謝明和。

阿和胖胖的，像個沈甸甸躺在沙田裡的大西瓜，是個生命歷程跟我不斷重疊的朋友。

打從國小一年級起我跟阿和就一直同班到國小畢業，到了國中也巧合地考進了美術班。我家開藥局，阿和他家也是開藥局。我對英文老歌瞭若指掌，而阿和對英文歌曲也涉獵頗豐。我自大，阿和自信。甚至國小六年級時，我們也是喜歡同一個女生。我喜歡跟沈佳儀聊天，阿和也是。

我一眼……一眼！一眼就看出阿和很喜歡沈佳儀，而我也嚴重懷疑阿和同樣發現了我對沈佳儀奇異的好感。

那時我坐在沈佳儀前面，阿和坐在沈佳儀的右邊，座位關係呈現出一個標準的直角三角形。我們兩個都是沈佳儀最喜歡找聊天的男生，這個共同點讓我坐立難安。

我跟阿和共同在國小六年級喜歡的女生叫小咪，就坐在我後面，而阿和正是坐在小咪旁邊。小咪很喜歡跟我們聊天。糟糕，就跟現在的情況、隊形一模一樣。

「昨天晚上大家說英語的廣播裡面，主持人說的那個企鵝笑話我早就聽過了，我姊姊說……」阿和笑說，沈佳儀聚精會神聽著。

阿和在跟沈佳儀講話的時候，總是非常的成熟，聽得沈佳儀一愣一愣的。

國中時期的阿和已經可以從汽車談到電腦，再從電腦談到國外的風土民情，簡直是個小大人。對比阿和的博學多聞，我的幼稚顯得狼狽不堪。如果我們三個人聊在一塊，久了，就很容易出現我意興闌珊的畫面。最重要的，是阿和這傢伙跟我交情長久，是個很不錯的朋友，這點尤其讓我洩氣。

於是悲劇發生了。

那時我面臨踢班壓力，放下尊嚴與沈佳儀在每節下課練習數學解題（其實根本就是被指導），我將數學參考書放在沈佳儀的桌子上，兩人反覆操作數學式子的答案推演，有時連中午吃飯也放了張塗塗寫寫的計算紙討論，一刻都沒放過。

記得是堂自習課，阿和百般無聊，提起最近學生間一則亂七八糟的謠言，說有一批殭屍從大陸的偷渡舢舨登陸台灣，在中部山區遊蕩。那個傳言在當時非常盛行，甚至上了報章雜誌。

「不要跟我說那些，我很膽小。」沈佳儀不悅，阿和立刻識相住嘴。

啊，博學多聞我是沒有，但要比嚇人跟胡說八道，我可是才華洋溢。

「我聽說那批殭屍不是一開始就是殭屍的，而是在大陸漁民偷渡時在台灣海峽被淹死，浮腫的屍體跟著空船……」我說，卻被沈佳儀嚴厲的眼神打斷。

「柯景騰，你不要一直說一些我不喜歡聽的東西，那個很沒有營養。」沈佳儀口氣毫無保留。

嗯，果然開始怕了。看我怎麼再接再厲把妳嚇壞。

「由於撞上陰時的關係，那些腫起來的屍體在一上岸的時候就變成了殭屍，在月光下開始朝山裡跑，一路吸人血一邊傻傻地跑，不知道要跑去哪裡。我哥是唸彰化國中的，他說晚上還有人看到那群殭屍在八卦山上面跳。沒有的事情不會突然被傳，一定是有什麼……」我越說越起勁，先起了頭的阿和當然聚精會神地聽著。

「可是也沒道理屍體一上岸就會變成殭屍啊？陰時有這麼厲害嗎？」阿和有些懷疑。

「所以也有人說，是會法術的船東害死了偷渡客，再用茅山法術控制了屍體變成殭屍，沒想到後來船東自己也被殭屍咬死，讓那些沒大腦的殭屍就這樣一路吸血逛大街。」我繪聲繪影，不時觀察沈佳儀糾結的神色。

「這太扯了，是怎麼傳成這樣的啊？再說船東把他們變成殭屍又能幹嘛？」阿和不解，但已經踏進了我的陰森領域。

「那些我怎麼知道，只是很確定的是，海巡署趕到現場的時候有發現船東的屍體，屍體上還有殭屍的咬痕。這些都可以在報紙上找到新聞，假不了的。還有啊，根據哪些殭屍跳啊跳的路線，這幾天就會經過大竹了……」我故意扯到沈佳儀家住的大竹，讓恐懼的氛圍更濃重。

只見沈佳儀的臉色越來越難看，我卻沒有停止胡說八道。

「你自己想辦法好了。」沈佳儀突然低下頭，將我的參考書輕輕往前推了幾公分。

我有些傻住，阿和也尷尬地停止發問。

「喂，我剛剛是開玩笑的，其實那些殭屍沒有要往大竹跳啦，應該是沿著中央山脈跳到台灣尾巴啦。」我不知所措，看著低頭不語的沈佳儀強自翻案。

但沈佳儀不說話就是不說話，當我是團沒營養的空氣，自顧溫習她的功課。我又說了兩句她也沒回應，只好悻悻然回到我自己的位子，煩悶地解數學。

接下來的幾天，沈佳儀還是對我不理不睬。我本以為再多捱幾天就會沒事，但沈佳儀的脾氣似乎硬到出乎我意料。

每天早上我將早餐摔進抽屜後，照例趴下去裝睡，但我的背再也得不到那尖銳的呼喚。沈佳儀完全不跟我講話，在走廊上錯身而過也彼此迴避眼神，而我也乾脆不再回頭，免得接觸到沈佳儀冰冷的臉孔。沈佳儀倒是與阿和越來越有話聊，有時聲音還大到我不想聽清楚都辦不到，讓我胸口裡的空氣越來越混濁。

月考越來越近，我的心裡卻越來越悶，想說乾脆被踢到美術丙班算了，就不必再受這種紓解不開的氣。

如果時光倒流，我是不可能再扯一次鬼故事強塞沈佳儀的耳朵，但要我事後低聲下氣道歉，當時心高氣傲的我也辦不到，畢竟我已錯過了道歉的黃金時刻。

「柯景騰，你是不是跟沈佳儀吵架了，最近都沒看到你們講話。」怪獸看著天空。

「靠，你不懂啦。」我也看著天空。

「果然是吵架。你們到底在吵什麼架啊？你成績這麼不好，跟沈佳儀怎麼會有架吵啊？」怪獸轉頭看我，大惑不解。

媽的，這是什麼狗屁不通的邏輯，虧你的成績還比我好。怪獸，你再這個樣子下去可不行，一定交不到正常的女朋友。

「怪獸，你跟小叮噹熟不熟？」我問，翹起二郎腿。

「不熟，衝蝦？」怪獸呵呵笑。

「幫我借台時光機。」我說，看著雲。

再這麼看天空下去，遲早我也會變得跟怪獸一樣。

日子越來越無趣，每天上學變成了心情緊繃的苦差事。

考前三天，坐在我右後方的阿和拍拍我的肩膀，遞給我一張紙條，上面寫著：

「把歷史、地理、健教課本拿過來。」是沈佳儀秀麗的字。

我心情複雜，想彆扭地不肯照辦，但我的手卻自動自發解開掛在桌緣的書包，將幾本課本高高伸過我的頭，讓坐在後面的沈佳儀接過。

放學時，沈佳儀經過我的桌子，順手將那些課本輕輕放在我面前，若無其事地去坐她的校車。我還是沒有開口跟她說話，只是將課本打開。

毫無意外的，裡面寫滿了一行又一行的註解，一行又一行的螢光劃記。

「是擔心我，還是瞧不起我？」我心中百味雜陳。

當時的我，真的很渴望擁有一台時光機。

二年級下學期最後一次月考結束，暑假平平淡淡地過去，整個暑期輔導沈佳儀都沒有同我說過一句話。我跟阿和說話時，沈佳儀便專注做自己的事，沈佳儀跟阿和說話的時候，我絕對不會回頭插嘴自討沒趣。

三年級開學的第一天，賴導站在講台前，拿著一張丙班名單宣佈被精簡出去的同學，氣氛肅殺。我終於忍不住跪在地上，雙手靠在椅子上合十祈禱。

「你幹嘛這麼幼稚?你根本不會被踢出去。」沈佳儀突然開口，神色冷峻。

「為什麼?」我茫然。

「因為有我幫你。」沈佳儀嘴角有些上揚。

賴導唸完名單上的學號與名字，果然沒有我。

沒有我，沒有我。

「恭喜。」沈佳儀咧出笑容，好像我們之間從來不曾尷尬過一樣。

「……」頭一次，我說不出話來。

說不出「我一認真起來，厲害到連我自己都會害怕啊！」。說不出「拜託，這種事輕輕鬆鬆啦！」。我什麼話都說不出口。

賴導唸完了名單，隨即發給大家新的班級學號，以及安排新的座位，意味著我離開美術甲班的破爛原因，也跟著不復存在。

「柯景騰，你坐在沈佳儀前面表現不錯，希望你繼續保持下去。」賴導頗安慰地看著我，拍拍我的肩膀。

拍個屁，我真想在賴導的耳朵旁邊大吼：「把我安排到沈佳儀前面或後面、左邊或右邊，不然我會像個炸彈一樣吵個沒完！」但沒有。

沈佳儀看著我，她右邊的位子還是空的。

「你去坐那裡吧，從今天開始就要認真拼聯考了，你很聰明，拼拼看能不能進紅榜，創造奇蹟。」賴導指著一個我無法理解的空位，我心中所有期待頓時被掏空。

李小華的後面。

一個開啟月老故事的位置。

5

國三那年發生了好多事。

華視上演著港劇「鹿鼎記」，梁朝偉演韋小寶，劉德華演康熙皇帝，精彩的劇情逼得我跑到金石堂站著看完一整套原著。

井上雄彥的漫畫《灌籃高手》，連載到湘北與海南爭奪神奈川在全國大賽的出賽權。三井關鍵時刻的最後出手，被清田信長的指甲搆到，咚咚咚彈出籃框。

張學友的「每天愛妳多一些」錄音帶，讓我反覆倒轉、播放，學起我生平接觸的第一首粵語歌。當時的我只承認張學友是世界上唯一的歌神，根本無法想像多年後會有一個叫做周杰倫的奇才，靈異地顛覆我對音樂的想像。

由於甫唸國一的弟弟月考成績優異，我家頭一次養了狗（我弟弟的獎品），是隻會吃自己大便的博美。這隻博美狗雖然有令人無奈的食糞癖，但長得非常俊俏，個性霸氣又任性，我們起名為Puma。後來Puma常常幹我的小腿，那又是另一個可愛的故事了。【註】

然後，我遇見了李小華。

「柯景騰，你的數學很好啊。」

李小華第一次轉頭跟我說話，就用了令我吃驚的句型，加上一個特燦爛的微笑。

「還好吧，妳的成績才超好的。」我說，看著桌上剛剛發下來的考卷。

在沈佳儀的調教之下，這張數學考卷上的分數是九十五，而李小華手中的數學考卷，卻只有九十。

但一張平時考的考卷不能代表什麼。由於二年級下學期的「開始看書」，我的全校名次從三、四百名一路竄升到一百多名，然而李小華的成績可是跟沈佳儀不分軒輊的程度，俱在全年級二十名左右，在我的眼中都是遙不可及的書蟲怪物。

「你這題寫對耶！那你教我這題證明題怎麼寫好不好？」李小華將她的考卷放在我桌上，這動作讓我不知所措。

「喂，妳是在開玩笑吧？我只是碰巧遇到一張我都會寫的考卷而已。」我說。我這假天才居然緊張起來。

「才不是，我早就知道你只是不讀書而已。」李小華笑笑，將筆遞給了我。

我只好半信半疑地解證明題給李小華看，完全猜不透李小華的腦袋在想什麼。解著解著，李小華露出佩服的表情。

坦白說，一個成績特好的女孩對我露出這個表情，我完全沒有一絲成就感，只是覺得莫名其妙……跟難堪。

我遠遠看著沈佳儀。

阿和那小子居然透過「換位子」的卑鄙動作，跟沈佳儀繼續坐在一起。可惡，如果我也有那種厚臉皮就好了。

「對了，你這學期的理化參考書買了嗎？」李小華打斷我的思緒。

「啊，還沒，有推薦的嗎？」我回神。

「不是啦，我只是想說，如果我們用不同牌的參考書，以後就可以互相解對方參考書上的問題了，這樣就可以懂更多，不是很好嗎？」李小華從書包拿出她選的理化參考書。

我虎軀一震。

這女孩是怎麼一回事？雖然我們同班兩年多，所講過的話加起來不到十句，大多是「借過」、「謝謝」之類的發語詞。但李小華該很清楚我的調調跟成績才是。跟我一起交叉使用參考書？簡直莫名其妙。

但李小華可是相當認真。

當時理化學的是電學，課本裡頭全是歐姆、電阻、安培等來自亞力安星球的名詞。有次理化考卷一發下來，我又落在淒慘的及格邊緣。

然而李小華這個女孩，對我的爛考卷似乎有另一番見解。

「咦，這一題你會喔，教我。」李小華拿著非常高分的考卷，將她錯的、我卻意外答對的問題拿來問我。

「這個自修上有解答耶，你自己看啦。」我肯定是臉紅了。

「如果我看得懂，我就不用問你啦，還是你不想教我？」李小華眨眨眼，看著我。

於是我只好努力壓抑羞恥地想撞牆的衝動，教起功課好我一百倍的李小華理化。後來我慢慢知道，所謂的成績好有很多種原因，「努力用功讀書」是最普遍的一種，也是最紮實的一種。而李小華就是這樣的類型。

李小華讀書沒有特別的方法，就是一股傻勁地唸，在她的心中卻很羨慕別人可以靠天資節省下跟書對話的時間，去做一些更有趣的事。例如……看言情小說。

「柯景騰，你看不看言情小說？」李小華問，轉頭將參考書放在我的桌子上唸。

「看個蛋，光是看到封面我就覺得很倒胃了。」我說，看著自己的理化參考書，上面的筆記密度已經到了我以前絕不敢想像的地步。

我一定是瘋了。

「其實言情小說很消遣啊，我姊姊跟我都會看言情小說，挪，這本借你，下禮拜要還我喔。」李小華自己打開我吊在桌緣的書包，小心翼翼地將一本言情小說放進去。

「喔。」我應道，真不知道自己有沒有時間看完。

唉，我的自尊心鬧彆扭，為了應付李小華問我的理化問題，我必須將參考書上的問題反覆演練，推敲箇中奧妙，確定自己解釋問題的方式沒有混雜「自我想像」的部份。除了理化，我還得教李小華我最擅長的英文，為了不漏氣，我還買了一堆英文試卷等著寫。

天啊，沒有「囉唆魔人」沈佳儀的督促，我還是不知不覺變成了書蟲。

週末，我在家裡快速翻完了生平唯一一本的言情小說，內容大概是一個開著跑車的多金貴公子……好吧，其實我忘光光了。禮拜一到了學校，李小華迫不及待地問我對言情小說的感想。

「怎麼樣？是不是很好看？」李小華熱切地問。

我決定答非所問。

「從現在開始，我講一個纏綿悱惻的愛情故事給妳聽。內容超精彩，要抱抱有抱抱，要親親有親親，要刀光有見血，愛到翻天覆地，殺到血流成河，通通都有。」我豎起大拇指，微笑道：「歡迎來到『宮本勇次又帶刀』的世界。」

李小華愣住，殊不知她已經進入我的領域。

「那是什麼？聽起來很恐怖。」

「一旦我胡說八道起來，連我自己都會怕啊！」

從此每天我都跟李小華說一段日本武士的豪壯戀愛史，讓李小華每天都笑到肚子痛。故事主角是一個叫做『宮本勇次又帶刀』的日本武士，顧名思義是個隨身帶刀談戀愛的硬漢，他曾經在酒醉後跟一頭母狼發生關係、生下一個雜種的黃毛小孩（宮本先生酒醒後，還誤以為自己上的是公主）；也曾為了一親芳澤，跟一整艘海盜船槓上，發生百人斬的壯舉（後來宮本先生發現那根本不是海盜船，而是可憐平民百姓的漁船）；宮本為了尋找小孩的生母公主（唉，其實是隻母狼），不惜一路捐精賣血上京都。

「不要再說了，你都亂說！」李小華笑得前俯後仰，眼淚都流出來了。

「請不要譏笑宮本先生的熱血愛情。」我鄭重提醒。

李小華笑起來，眼睛瞇成一條細線的模樣令我深深著迷。而我隨便脫口而出的白癡笑話，則引起李小華對我的好奇心。

在準備模擬考的國三節奏裡，自修課越來越多，而李小華也學起以前我跟沈佳儀一起唸書的模式，將參考書放在我的桌子上一起唸。我想我真的很幸運，遇到的成績好的女生，都毫無氣勢凌人的模樣，反而讓我對「成績好」這三個字懷抱溫馨的敬意。

當我整天在自己的世界裡塗鴉漫畫的時候，這些所謂的書蟲，將自己的青春無怨無悔地傾倒在課本與參考書之間。每個人推到上帝前的籌碼不一樣，回收的東西自然也不相同。

這就是努力。

我再也不會看輕跟我朝不同領域努力的人。

聯考的壓力之下，同儕間的競爭也越來越白熱化，自修課班上都很安靜。李小華跟我用一張計算紙放在中間，用寫字代替說話。比起沈佳儀清麗的字體，李小華的字圓滑許多，而我的隨手插畫則始終在字裡行間滾來滾去。

「柯景騰，你有沒有想過以後要做什麼？」

「漫畫家吧，可以走進日本的那一種。」

「那你有要唸高中嗎？」

「我想唸復興美工，可是我爸不會讓我去唸。妳呢？彰女嗎？還是越區去考台中女中？」

「彰女吧。」

「妳成績那麼好，一定沒有問題的。」

「可是我不像你，知道自己以後要做什麼。」

「分一點分數給我倒是真的。」

「嘻嘻。今天你還沒說宮本勇次又帶刀的故事給我聽呢。」

在我跟李小華曖昧的那段時間，沈佳儀跟阿和的友情似乎也越來越飽滿。

看著沈佳儀跟阿和也在自修課上傳紙條的畫面，我的心就往下一沉，看見明顯也在喜歡沈佳儀的廖英宏常常在下課時跑去找沈佳儀說話，我就心中不痛快。

我知道人不能貪心，但我無法否認心中那份淡淡的遺憾。

而怪獸，則完全無法理解我跟李小華之間正在醞釀著什麼。

「柯景騰，李小華最近怎麼一直纏著你？」

「纏著我？」

「對啊，看她一直纏著你，你都不會煩嗎？」

「……怪獸，你還是專心看你的天空好了。」

國三第一次模擬考結束，成績公佈。

「柯景騰，恭喜你第一次進入紅榜，全校第五十九名。」賴導拍拍我的肩膀。

「還好啦。」我靦腆地說。

人真的不能太高估自己的天分，這只會讓「努力」這兩個字失去應有的光彩。

青春裡的兩個女孩，聯手讓我認識了這一點……並且拼了命相信，努力就會看見美麗的風景。持續不懈的一流努力，就會看見不可思議的世界。

領了紅榜的獎狀，回到座位。

「好好喔，真羨慕你的聰明。」李小華回頭。

「哪……哪有……」我那沒來由的自尊心再度落敗。

因為妳。

【註】請見《媽，親一下》，春天出版。

6

毫無意外，我喜歡李小華。

非常非常地喜歡。

但說真的，儘管李小華老是對著我笑，但我從來都不知道李小華是不是喜歡我，抑或只是對我抱著強烈的好奇心而已。

分手，只需要一個人同意，但「在一起」，可是需要兩個人同時的認可才能作數。戀愛就是要這麼不確定才有趣，不是嗎？至少我已經完成了我這一半的拼圖。

那陣子我每天都充滿朝氣地去上學，一到學校，停好腳踏車，就迫不及待地從車棚飛衝到教室，有時還會在操場旁的花圃摘下一朵小野花，趁李小華還沒有到教室前，將小野花夾在她桌上的透明墊板下，然後等待欣賞她看見小野花的表情。我生平第一首詩，也就出現在小野花旁邊的紙條。

筆記本上的對話：

「嘿嘿，妳家住哪？」

「幹嘛？」

「只是好奇而已。」

「我為什麼要告訴你？你這麼聰明，想知道應該就可以知道啊。」

放學後，我便騎著腳踏車等在校門口，看著李小華的爸爸騎摩托車載她回家。我深呼吸，一踩踏板，瘋狂地跟上。

精誠中學跟市區隔了一道坡度陡峭的中華陸橋，平常騎腳踏車上去，屁股都要離開坐墊，使盡全力才不會使自己中途放棄、用牽車的方式解決（精誠中學的畢業生，八成都有一雙筋肉糾結的蘿蔔腿，唉……）。

戀愛的力量真的很不可思議，我一路狂追，無視可怕的坡度，緊咬著李爸爸的摩托車屁股。李小華當然知道我在後面狂追，她偶而回頭嘻笑的表情，彷彿在為我加油打氣，讓我完全忘卻小腿肚的悲鳴。

「等著吧，這點困難怎麼可能擋得了我。」

紅綠燈下，我氣喘吁吁看著揚長而去的李爸爸。

我花了幾天，用逐步縮短未知地帶的方式，知道了李小華住在哪個區域。那地方距離我家只有五百公尺，以前小時候每天走路去民生國小時都會經過。

「今天你不要再追了啦，每次我看你衝馬路的樣子就覺得很危險。」

有天李小華放學時，走到正在收拾東西，準備衝向腳踏車車棚的我身邊。

「啊？那個還好啦。」我抓抓頭，有些不好意思。但手上還是在收拾東西。

「我今天已經跟我爸爸說要自己走路回家了，所以……」李小華的臉紅了。

不由自主，我的呼吸暫時停止。

從那美妙的一天起，李小華開始跟我一起牽腳踏車回家。我們靠右邊走，我走在外側，李小華走在裡側，我們中間隔了一台很礙手的腳踏車。

「你想知道我家在哪裡，到底是為什麼啊？」李小華抿著嘴唇，眼睛在笑。

「知道妳家在哪裡後，我晚上遛狗就可以去附近走走啊，晚上無聊騎腳踏車亂晃，也多了一個地方可以繞。」我胡說八道，其實我也不知道為什麼要知道李小華家住哪裡。

「對了，我還是覺得，你一開始認真唸書就進紅榜，真的很厲害耶。」李小華看著我，語氣佩服。

「那個還好啦，你們這些成績很好的人才真的很厲害，居然可以從國一就開始努力用功到現在……三年耶！我根本沒辦法想像自己有那種毅力。」我坦白。我的聰明，原來只是一種退縮的惰性。

「你那麼聰明，唸自然組一定很適合。」李小華突然說。

「唸自然組？」我有些訝異。

因為我心中已經暗暗盤算，如果爸不讓我考復興美工、強烈希望我唸普通高中的話，我篤定會挑沒有物理化學的社會組。

「對啊，你的數學不錯，理化也很棒，唸社會組太可惜了。」李小華笑笑。

天啊，這其中誤會可大了。我的數學是沈佳儀一題一題幫我開竅的，而我的理化更是李小華妳自己不斷地逼問我一堆電學原理，害我回家只好一直猛K理化參考書，妳怎麼會一副「柯景騰理化很棒」的表情？

成功路巷口。

「我家快到了，走到這裡就好了。」李小華停下腳步。

「不可以送到家門口嗎？」我好奇。

「再過去的話，我會生氣喔。」李小華有些侷促。

「那，明天見囉。」我跨上腳踏車，揮揮手。

「宮本勇次又帶刀先生，明天見囉！」李小華笑著揮揮手。

我們一起牽腳踏車回家了幾次，每次都送李小華到她家的巷口就止步。我能體會女孩子跟男孩子一起回家，不想被鄰居或家人撞見的擔憂。

然而我開始受不了那台從中作梗的腳踏車。

於是我早上提前十分鐘從家裡出發，再將腳踏車停在中華陸橋前，用跑步的方式飛奔到學校，氣喘吁吁摘了一朵花，壓在李小華的桌墊下，然後寫上一首詩，畫上一個圖。如此一來，我才可以在放學後，跟李小華輕輕鬆鬆地走路回家。

同學間也開始察覺我跟李小華間不尋常的氣氛。尤其大家回家的路線都一樣，想回家就得經過中華路，所有人都看見我跟李小華肩並著肩一塊聊天走路。

「談戀愛喔！」廖英宏笑騎著腳踏車從我們面前經過，丟下一句。

「你放怪獸一個人等校車是不行的啦！」許博淳也在腳踏車上丟下一句。

「柯景騰，你最近被這樣纏住都不會生氣喔？」怪獸還是在狀況外。

沒有了礙手礙腳的腳踏車，我跟李小華就可以用更舒服的步調，選擇更幽靜的路線回家。然後，嗯嗯，李小華的肩靠我越來越近，她的左手緊緊貼著我的右手。

我的心跳有沒有加快，我不清楚，因為我的靈魂已經完全失控。

距離握住李小華的手，只有一個停止呼吸的距離。

「……」我。

「……」李小華。

但我始終沒有勇氣張開手，牽住她。

兩個人就這樣假裝手沒有緊靠在一塊，嘴裡聊著班上的同學，今天發生的趣事，我的狗，她的姊姊，幻想中的高中生活，以後想過的日子，期待完成的夢想。

但就是沒有牽手。

好幾天就這麼過去，每天早上我都向天發誓，放學一定要牽住李小華的手，但關鍵時刻到了的時候，我都處於腦袋空白的當機狀態，無法更進一步。

我想我是絲毫不值得同情的。

有次下大雨，我們倆一起撐傘回家。

我很紳士地將傘靠往李小華身上，讓她不會被大雨淋到，自己卻溼了大半邊，雨水沿著頭髮傾墜而下，爬滿我的臉。

「我可以……問你一件事情嗎？」李小華怯生生問。

「嗯啊。」我看著她，李小華的側臉真可愛。

「為什麼你都不牽我的手啊？」李小華似乎咬著牙。

「……」我一震，腦中整個混亂。

李小華停下腳步，看著我，她清澈的眼睛毫不放過我的窘態，連眨眼也沒有，拼命想要看穿我心思似的專注。

我慌了，竟脫口而出：「因為，我不知道妳喜不喜歡我。」手足無措。

李小華的身子一震，沉默半晌，兩人又繼續在大雨中前進。

兩人來到陸橋上，看著下面空蕩蕩的鐵軌，天空沒有盡頭的灰濛濛，雨水不斷墜落。墜落。

「你喜歡的人，是沈佳儀嗎？」李小華的聲音很細。

「啊？」我愣住。

「我以前坐在教室後面，常看到你們聊天聊得很開心，我就在想，你們應該會在一起吧。」李小華看著鐵軌。

沒有火車經過，鐵軌只是單調的線條。雨水也僅僅是灰色的塗鴉斜線。

「才不是那樣，我跟沈佳儀只是喜歡聊天的好朋友。」我失笑。

「當時我就在想，你一定是個很特別的人。要不然沈佳儀才不會找你講話。」李小華自顧自說著。

「吼，她根本就是歐巴桑好不好，上次她還送我證嚴法師的靜思語語錄，要我靜下心來唸書，天，證嚴法師耶！唸南無阿彌陀佛那個！」我強調，誇張地笑了出來。

「……」李小華沒有轉頭看我，只是看著鐵軌。

「反正，我沒有喜歡沈佳儀。」我篤定。

「一點點都沒有喜歡？」李小華伸手，摸著雨。

「沈佳儀是歐巴桑星人。」我超級篤定。

就這樣。

就這樣。

在對話失焦到沈佳儀身上的過程，我已錯過向李小華告白的最佳時機，更沒有順勢牽住李小華的小手。

大雨一直下一直下，越來越大的雨珠沿著傘緣傾瀉在我的臉上。

等到回神，我已經二十六歲。

「一起回家」這四個字，不管在哪個生命歷程，都有很浪漫的意義。

「一起」代表這件事一個人無法獨立完成，「回家」意味著背後的溫馨情愫。

第一次與你一起回家的人，你一輩子都不可能忘記。

十三年後，我閉上眼睛，還是可以看見……

偌大的中華路上，黃昏下，我靦腆地跟李小華牽著腳踏車，天南地北聊天踏步的畫面。或微風，或下雨，或晴天，或陰天。

心中會有一股激動，旋又復歸惆悵。

只剩下桌上的那把小紙傘，與淡淡泛黃的最後紙條。

7

國三下學期，聯考的戰鬥氣息越來越濃厚，所謂的黑名單已經完全失去意義，即使是我也忙著靠用功談戀愛，無暇在上課中搞笑。

黑板右側總是寫滿明後天班級測驗的範圍，第幾課到第幾課，或是第幾學期到第幾學期，不復出現吵鬧同學的學號。黑板左側用紅色粉筆塗滿怵目驚心的阿拉伯數字，每天都在倒數。

當數字歸零，便是我們與聯考大魔王決一死戰的最後時刻。

「等到聯考結束，暑假大家喜歡打多久的籃球就可以打個夠本。但在面對聯考的關鍵時刻，我們必須盡一切努力考好。這是人生的第一場戰鬥，不進則退……」賴導就像每個故事裡的刻板角色，理念很古板又欠缺說服力，跟Brave Heart（英雄本色）裡梅爾吉勃遜塗著半臉的藍漆，跨乘戰馬來回呼嘯的講說差之遠矣。

但當時可沒有人有閒情逸致去反駁他。集體沉浸在用功氛圍裡的怨念是很可怕的。

五花八門的測驗卷，一捆又一捆地塞在專門蒐集考題的大鐵櫃裡，只有賴導跟班長擁有打開鐵櫃的鑰匙。每次鐵櫃一開，測驗卷在幾秒內就會飛到每個人的桌上。日復一日，滿腹經綸的鐵櫃變成了大家機械化生活的核心。

我從來沒看過鐵櫃空掉的那一天。

不只是體育課、美術課、音樂課，每一堂課程提前結束的科任課，全都被聯考的鬼魅借屍還魂，變成無數堂令時間靜止的自修課，每每只聽得見原子筆在桌子上打樁似的單調聲響。搭搭搭，咚咚咚。

即使是賴導坐鎮的自修課，李小華與我也毫不避嫌地擠在一張桌子上唸書，互相請教不懂的問題，用最有感覺的「紙筆交談」模式。

每天早上衝到學校後，我總會先到福利社買一盒牛奶當作招呼，貼心地放在李小華的抽屜裡，即使賴導正盯著我看，我也照做不誤。我這個人的毛病就是老想硬著幹。

而賴導也的確沒有用懷疑的眼光審問過我們倆，畢竟我的學業成績正以相當驚人的速度往上攀升，甚至來到全校二十、三十幾名的位置，進入紅榜變成家常便飯，令賴導感到「啊，我果然是嚴格的名師，竟將冥頑不靈的柯景騰拉拔至此！」的安慰，無暇管我發憤唸書的動力是不是李小華。

我越來越好的成績，跟摩西隻手劈開埃及紅海有異曲同工之妙（哪裡像了！），有些同學以強烈的好奇探詢我使用哪一牌的參考書，或是在哪裡補習等等，才能創造出如此異常的成績表現。

「如果你整天被成績比自己好十倍的女生問問題，看你會不會抓狂用功唸書？」我簡單回應，這可是箇中滋味。

……然而我暗槓了「但你還得愛上她」這真正的訣竅。

後來賴導汲汲營營為每個人訂立模擬考必須進步的名次，並不斷重新分派座位，希望能創造出傳說中「最適合考生」的完美隊形。但不管李小華在我的左邊或右邊、前面或後面，賴導就是不敢將我與李小華的位置分開，生怕我的成績就此下滑。

站在私立學校需要固定數量好學生坐鎮大學聯考榜單的立場，教務處開始一連串說服國中部全校排名前一百名學生「直升本校高中部」的講座。如果聯考成績超過六百分卻選填本校精誠中學，就可以得到每學期補助的一萬元獎學金；總分若是低於六百、高過彰化高中或彰化女中，卻選填本校直升的人，就可以得到每學期補助的六千塊獎學金。

「而且，我們將提供最好的師資給前面兩班，這些老師有的是台中大學重考班的名師，有的在彰化補習班執教好幾年，口碑不錯，保證都是一流的老師……」賴導振振有辭。

其實獎金不算誘人，對於師資好不好大家也不甚了解，但身為全校成績最整齊的一班，大家共同留在這間學校再當三年同窗的意志相當堅定，畢竟彰化高中是男校，彰化女中是女校，而本校精誠的男女同校才是真正的戀愛王道！

倒是李小華，對於繼續留在精誠唸書完全不作考慮，這點讓我感到很困惑。

「妳不考慮留在精誠嗎？」我寫道。

「不考慮。」李小華。

「如果妳瞞著爸媽把獎學金A走，那可是一筆很爽的零用錢啊！」我寫道。

「……」李小華。

另一方面，畢業紀念冊的製作如火如荼展開，由我與沈佳儀、阿和、楊澤于等人負責。

每到週末假日我們就會到阿和家的客廳討論，或是乾脆請公假到學校的圖書館剪剪貼貼大家繳交上來的生活照、個人照。而身為美術班，所有科任老師的照片都由我們這群負責畢業紀念冊製作的小組，逐一素描完成。

而我，很高興又有機會跟沈佳儀這歐巴桑星人抬槓，好像我天生就欠教訓似的。

「喂，柯騰，最近我跟博仔回家時都看見你跟李小華走在一起耶。」阿和笑笑，挑選著大家合照的照片。

混蛋，你這個居心不良的傢伙。

「對啊，我們家住得很近。」我笑笑寫著文案。其實很想對阿和來個飛踢。

雖然我已經有了李小華可以喜歡，但無法就這樣否認自己對沈佳儀的好感。

「你們是不是在搞曖昧啊？」阿和不放棄，窮追不捨。

「還好啦。」我對著阿和比了個無形的中指。

當時電腦還是稀有的寶貝，專業臭蟲製造公司微軟連Windows 3.1都還沒誕生的原始年代。畢業紀念冊的製作完全是手工，得仰賴學校統一發佈的格式與標準，兼參照一張字形大小表，以方便廠商後續的打字與印刷。

沈佳儀用鉛筆跟尺，在預備黏貼照片的雲彩紙上仔細標出每一張照片該在的位置，並細畫出每一個字座落的空白方格。我跟楊澤于則專司文案。

「柯景騰，你是不是喜歡李小華啊？」沈佳儀突然開口。

「是啊。」我老實回答。

「你不覺得現在這種年紀，談戀愛真的是太早了。」沈佳儀古怪地看著我。

「是啊，我也覺得太早了。」阿和附和。

「喔？說來聽聽。」我不服氣的神色，大概無法掩飾。

「你想想，你跟小華現在才十五歲，如果你們現在就在一起了，真的可以一直當男女朋友直到三十歲結婚嗎？」沈佳儀大人的口吻，飄忽的眼神。

「為什麼不可以？都十五歲的人了，怎麼可能還不知道自己喜不喜歡對方？」我說，如果要認真回溯，我可是從幼稚園就開始春心蕩漾了。

「就算你們彼此喜歡，但就是不可能一直當男女朋友啊。如果早就知道一定會分手，為什麼還要這麼早談戀愛？這樣不是很沒有意義？」沈佳儀很嚴肅地說。

「妳一定會死，那妳為什麼不現在就死一死？」我拄著下巴，實在是不爽到極點。

「這根本就是不一樣的東西，你真的很幼稚。」沈佳儀嘆氣。

而即將畢業的我們，不可免俗地開始在桌子底下傳遞留言冊，大家開始重複在好友的留言冊裡填上自己的興趣、未來的希望、鵬程萬里、百事可樂等老套。

當初在李小華的留言本上寫些什麼東西，我已不復記憶。只依稀記得在興趣一欄寫上「丟養樂多」，署名「宮本勇次又帶刀」，總之沒一個正經。

即使我樂於在別人的留言冊上瞎搞，但當時我覺得跟所有人做一模一樣的事非常倦膩，於是根本沒有去書店買美美的留言冊讓大家寫點東西。

「你幹嘛都不傳留言冊？我想寫你那本耶。」廖英宏推了我的肩膀。

他的留言冊被我亂寫髒話跟畫滿生殖器，滿腦子都想報復。

「很多人不都是要直升高中部嗎？既然以後還會在一起，現在寫這些離別的話不是很詭異？」我直說。據我所知，班上至少有一半的人都打算直升。

「話是這樣說沒錯，但你一定會後悔。」許博淳用不適合他的老成口吻說道。

「我很認清我自己啦，我國小那本留言冊根本怎麼找都找不到。我是個無法保管東西的人。」我打呵欠。

是啊，無法保管東西的人。

8

李小華上課跟我一起唸書，下課一起聊天、在學校裡散步，放學一起走路回家，兩小無猜的相處模式，終於還是出了問題。

「最近她們都說，我沒有時間跟大家在一起。」李小華略顯憂色，眼睛飄向她們。

所謂的她們，指的自然是班上女生中的一個小團體。

學校裡的小團體文化絲毫不奇怪，男生跟女生組成小團體的方式不大一樣，貼切形容的話，男生喜歡「湊」在一塊，女生喜歡「膩」在一塊，而女生之間的聯繫比男生還要緊密許多，畢竟男生不會相約一起去上洗手間，也不會發生久而久之經期就一起駕到這種事。

「怪獸也這麼說啊，可是怪獸很堅強。哈哈。」我笑笑回道。

後來怪獸當然終於明白我喜歡李小華，儘管沒能陪他一起等校車，他還是很有義氣地借我少年快報，中午吃飯還是會跟我一起啃肉粽。怪獸一點也不複雜，純粹用蛋白質跟漫畫製造出來的人。

「不一樣。」李小華皺眉，在計算紙寫下：「她們對我很生氣，說我都不重視她們，希望我不要那麼常跟你在一起。」

我看了，其實蠻火大的。

我跟班上的女生都頗有交情，不論是國一或國二的畢業典禮表演活動，都是她們十個女生加上我一個男生，代表班上到縣政府禮堂演出。而我當了三年的學藝股長，每次遇到教室佈置都是這些女生跟我通力完成，大家都相處得很好，因此畢業旅行時男生裡也只有我，才能在女生房間裡打一個晚上的牌（跟沈佳儀玩牌可說是限制重重，玩二十一點被強制補牌，玩撿紅點分數必須除以二，唉，怎麼玩怎麼輸）。

現在，這群同樣是我朋友的人，叫李小華不要那麼常跟我在一起，我實在無法理解。是看不慣什麼？

「我不懂。」

「總之，最近下課不要來找我。」

我皺眉，只能無奈接受，回頭瞪了那群所謂的「她們」。

聯考越來越近。

我跟李小華之間模模糊糊地產生無形的距離，這段距離有著說不出的刻意與扭捏，讓我無法理解。例如，李小華好說歹說就是不肯讓我們的畢業照片擺在一起，後來竟成了我最大的遺憾。

有天放學，我在位子上跟怪獸一起看完了少年快報後，李小華還在跟那群女生聊天，我看了看錶，已經五點半了。

「走吧。」我揹著書包，走到李小華旁邊，那群女生突然靜了下來。

「不了，今天我爸爸會來載我。」李小華的眼睛有些飄移。

我明白了。然後慢慢掃視了那幾個女生的眼睛。

「嗯，那我先走了。」我說，神情不太自然。

我快快跟怪獸走到等第二班校車的大樹下，重複看著少年快報。怪獸知道我心情不大好，卻一直很白目地問我跟李小華到底怎麼了。

「沒有什麼啊，就是給她多一點時間跟朋友相處。」我困頓地看著天空。

這場戀愛來得實在太晚。李小華以後不唸精誠了，要去唸尼姑學校彰女，我與她可以相處的時間也很珍貴啊，「她們」憑什麼要這樣剝奪我？

「就這樣喔？」怪獸歪著脖子。

「就這樣啊。」我打了個呵欠。

「唉，女生就是這樣，你別想太多啦。」怪獸拍拍我的肩。

你又懂女生了？我看著怪獸，卻沒有說出口。

有時候許多關心真的很廉價，但都是出於好意。這樣的好意沒道理招來冷嘲熱諷。

之後情況卻沒有好轉。

接連幾個禮拜，放學時李小華都讓她的爸爸載回去，與我之間甜蜜的、一路散步回家的習慣，就好像不曾存在過似的。

我很難受，但當時只有十五歲半的我，並不知道該做什麼樣的反應。

直到某一天，李小華的爸爸終於沒空來接她，於是我順理成章跟她一塊走回家。我走著走著，在「再怎麼樣，也不會比現在的情況更差」的心理建設下，鼓起勇氣，輕輕伸出手。

我的手背，戰戰兢兢貼向李小華的手背。

「不要牽我。」

李小華沒有看我，只是低頭。

「我只是……」

我艱澀地說，空氣好像變成酸的。

「不要牽我，拜託。」

李小華越走越快。

畢業紀念冊終於發到每個人手上的那天。早上，數學課的複習測驗結束。

我永遠不會忘記，那張跟著交換考卷夾遞過來的紙條，跟一把精緻的小竹傘。

小華的字。

紙條裡短短兩句話，就像拳王泰森瞄準鼻心的一記左直拳，再加上轟碎下顎的右勾拳。我的靈魂不等教練丟白毛巾，直接摔出腦竅，唏哩呼嚕。

我沒有哭。至少沒有當場流出眼淚。

我的自尊心一向硬可比鐵，在靈魂出竅復又回返後，我只感怒火中燒。

「三姑六婆直娘賊，通通去吃大便。」我看著那把小竹傘。

第二天，我剃了一個接近光頭的大平頭到學校，並且跟同學換了個位置，依照紙條上的隻字片語，徹底遠離那個並不希望繼續跟我接觸的女孩。

攤開參考書，我一言不發就開始解題。現在的我，已經被訓練成一台效率極高的解題機器。

「怎麼了？幹嘛剃平頭？」

沈佳儀也跟同學換了個位置，從左後方直接問我。

我們好久，都沒有像以前一樣坐在一起了。

「妳也在裡面嗎？」我回看，語氣不善。

「什麼啊？」沈佳儀不懂。

「嗯，我想妳也沒那麼無聊。」我又回過頭，繼續寫我的題目。

沈佳儀見我心情惡劣，倒也真不敢接話，也不敢笑我的平頭是怎麼個突發奇想，或是皺眉說我幼稚。

只是從第二天開始，沈佳儀就待在我固定的左後方，慢慢等待我心情緩解的時刻。

然後，我的背又開始出現原子筆的墨點。

實話說，要等我情緒緩解還真有得等，因為我被遺棄得莫名其妙。但多虧沈佳儀又開始刺我的背，硬是逼我聽她說五四三，才將我從解題機器的黑暗勢力中拉回來。

畢業典禮後的聚餐，在大家往許博淳的臉上亂塗蛋糕的喧鬧中結束。我假裝興致盎然地丟甩蛋糕上的奶油，注意到李小華只是靜靜地坐在餐廳角落，若無其事地吃著鐵板燒。

「妳真的喜歡過我嗎？」我很惆悵。

學校宣佈停課，所有班級卻默契十足地返校自習。

賴導將永遠擠滿各種應題範圍測驗卷的鐵櫃打開，像紅十字會到災區發送糧食般，把測驗卷一捆捆丟到講台下，讓有心變成聯考奴隸的任何人隨意取用。於是大家在一種高度憂患意識下，一反厭惡寫測驗卷的常態，紛紛衝到講台下抓狂似地搶奪考卷，好像聯考的題目偷偷藏在裡頭似的。

在我看來，根本就是一種結構性的瘋狂。

返校自習準備聯考，我花在跟沈佳儀精神告解上的時間，並不下於我花在書本上的反覆閱讀。因為我知道自己可以拿到的分數早就超過彰化的第一志願彰化高中的錄取標準，而沈佳儀更不必說了，就算去台北考北一女也沒問題。

既然如此，分數高低的意義就只是將別人踩在腳下或是被別人踩在腳下罷了。

「現在可以說了吧？你跟李小華是怎麼回事？」沈佳儀突然開始幼稚。

「我喜歡她。」我看著遠處的李小華。

李小華的周遭，再度被那群所謂的「她們」給圍住，幾個女生拼命地將桌上的測驗卷寫完，然後交換改，然後再寫新的考卷，孜孜不倦，不倦孜孜。看得我心煩意亂，很想給她們一人一腳。

我慢慢將事情的始末快速交代一遍，也將紙條上的訊息說給沈佳儀聽。

「我想，既然她都這樣說了，聯考過後一定會好轉的。」沈佳儀鼓勵我。

「真的嗎？」我眼睛一亮。

「她的意思應該是這樣吧？你又沒真的惹她生氣，不要想太多。」沈佳儀笑。

「這樣說也對，不過……她要唸彰女耶？這樣我還有救嗎？」我皺眉。

「人生的事很難講，只是唸不一樣的學校而已，沒什麼大不了。你現在要做的就是專心準備考試，不要讓她失望。」沈佳儀像個叨叨絮絮的歐巴桑。

「天啊沈佳儀，妳怎麼有辦法把這麼大人的話說得這麼熟？」我感到好笑。

「她如果覺得你是個經不起打擊的笨蛋，事情就會變得很棘手了。這個年頭沒有女生喜歡照顧老是一蹶不振的男生。」沈佳儀瞪著我：「那只會讓女生覺得自己像個老媽子。」

「不過我真的就是經不起打擊的那型。超脆弱。」我大方承認。

「……你真的很幼稚。」沈佳儀無話可說。

聯考結束。

毫無意外，我比彰化高中的錄取標準多了四十幾分，跟廖英宏、許博淳、許志彰、李豐名、謝明和、楊澤于、曹國勝、沈佳儀等人，一塊直升精誠中學的高中部。怪獸聯考失利，跑到雲林工專，後來漸漸變成我記憶裡的，一塊很愛看漫畫的蛋白質。

「你那麼聰明，唸自然組一定很適合。」她這麼說過。

「是這樣嗎？」我看著天空。

於是，我硬是選填了我一點也不喜歡的自然組。為了她的一句話。

至於那句話的主人，果然沒有直升精誠，到了黑白制服為圖騰的彰化女中。

我再沒有，跟那位陪我走路回家的女孩，說上一句話。

現在是二〇〇五年，七月十一號，天氣微陰。

下午一點五十四分，我坐著前往台北的自強號列車。再過三個小時，我得趕到出版社簽一千本《少林寺第八銅人》給金石堂網路書店與誠品的門市。聽著BeeGees的「First of May」，我想這首老歌的氛圍應該很符合每一個人的過往時光。

刻意想寫點關於小華的東西，尤其這半年來因為媽媽生病的關係，我幾乎都待在彰化，每天還是慣性地從她家門前經過。

是啊，只能從她家門前不斷經過，不斷駐足，再不斷經過。

如此而已。

在小華的生命裡，我已是個用鉛筆劃下的，被手指塗抹再三的，一串意義不明的符號吧。

9

每個人都有這樣的經驗。

不意間聽到某一首歌，某一段旋律，就會瞬間回憶起某段時光裡的自己。或大學，或高中，或看見曾經在自己座位旁，那張用粉筆劃下著白線的青澀臉孔。

怪獸在失蹤前借我一捲金城武的專輯卡帶，裡頭有一首歌大概是這麼唱的：

「oh~my baby，為了什麼，相愛總是變成空？因為我愛妳不能在分手以後，才將妳身影充滿心中，因為我愛著妳，就不能讓妳走。因為我愛妳，不能在分手以後，才將我的好……」

這首填詞癡情到近乎白爛地步的歌，就是我十六歲夏天的主題曲。

升高一的偽暑假，是每間補習班瘋狂的「搶人祭」。

我想在台灣任何一個地方，沒有一個準高一生逃得過這樣的補習班大拜拜，學校門口與書店門口的工讀生、派報夾頁廣告、直接從畢業紀念冊抄下地址人刺刺駕到的宣傳單上，全都是邀請試聽的補習班介紹，並拼命強調去試聽就可以拿到一大堆有益大腦的免費講義、與無益大腦的漂亮筆記本。

許博淳也拉著我，騎著腳踏車一起穿梭在彰化各式各樣的補習班裡，假借試聽之名，尋找我們喜歡的女孩身影。

許博淳這個傢伙，頭很大，後腦勺是垂直扁平的，說話有時會結結巴巴是他的特色，把任何笑話講到冷掉、餿掉是他悲慘的天分。他是我人生中最重要的幾個朋友之一，裡頭也只有他沒有喜歡過沈佳儀，所以許博淳便成了我無話不談的內褲交。國三時我喜歡上李小華，許博淳喜歡上李曉菁，在互相吐露戀愛的祕密後，我們的結盟關係更形緊密。

多年以後我深刻了解到，兩個大蠢蛋的結盟，除了堅定彼此的友情，對於愛情的作戰可謂一點意義都沒有。

回到那個充滿補習班試聽課程的夏天。

我們的算盤很簡單。基於我們是兩個害羞的半熟男孩，不敢打電話將女孩子約出來的那種害羞，所以我們決定調查李小華跟李曉菁在哪間補習班試聽，然後持續追蹤，最終目標是要跟她們一起上同一間補習班，鎖定，死咬著不放。

「這樣會有用嗎？」我狐疑，但沒有多作抵抗。

「告訴你，絕對有用，至少絕對比你在那邊騷擾她家的狗還要有用。」許博淳說得斬釘截鐵。

「可是她家那隻湯姆其實還蠻好玩的，跟我是越來越熟。」我抓抓頭，心不在焉看著講台上說得口沫橫飛的補習班老師。

「喂，不要幫她的狗亂取名字，你這樣會讓牠搞混……」許博淳，漸漸趴在桌上睡著了。我們醉翁之意不在好好上課，只要一發現沒有李小華跟李曉菁，我們就開始陷入昏睡。

但整個夏天，混帳啊我們全都撲了空，平白無故當了兩個月的用功好學生。

說到李小華她家那條狗湯姆，真是有夠冤的一場奇案。

當初我跟李小華一起走路回家的時候，我們都在她家巷子口前就揮手道別，所以我只知道李小華家大概的位置，卻不清楚正確的住家是哪一棟房。

當李小華在聯考前夕將我整個踢出她的生命後，畢業紀念冊的通訊錄就派上了用場。我騎腳踏車，尋著通訊錄上的地址「成功路十五號」【註】，來到李小華她家樓下，此後來來回回，一直期待著可以用「偶遇」的方式重新擦出火花。

她家經常都將樓下的門鎖住，只有一條將日子過得很無聊的大白狗守著。

「沒關係，你無聊，我更無聊。」我蹲著，手裡晃著從7—11買來的大熱狗。

「……」大白狗無聊到喪失不亂吃東西的自覺，張嘴就啃走大熱狗。

從此，我們便成了「我買熱狗牠吃熱狗」的忠實夥伴，而牠也有了一個像樣的名字，湯姆。我硬取的，牠也承認，比如說……

「湯姆，吃熱狗。」我停下腳踏車。

「……」大白狗，不，湯姆坐好。

吃完大熱狗的湯姆總是陪著我，駐足在李小華家樓下，看著二樓透著黃光的落地毛玻璃。我深情款款聽著從裡頭傳來的鋼琴聲，湯姆則吐著舌頭東張西望。

「妳從來沒跟我說過妳會彈鋼琴……天，還彈得那麼好。能夠喜歡上這麼有才華的女生真是太幸福了。」我感嘆，想像著李小華雙手輕撫鋼琴的模樣。

「……」湯姆舔著沾在地上的番茄醬。

「你也一樣，李小華也沒跟我提到你，大概是你長得太醜了。不過沒關係，只要認真起來你也可以過得很帥氣。喂，你有沒有在聽！」我睥睨著湯姆。

「……」湯姆自顧自舔個沒完。

「對了，再跟你提醒一次，我叫柯景騰，也是你未來的主人，快點熟悉我的味道吧，以後可要對我忠心耿耿。」我雙手環胸，看著二樓自言自語。

吃得乾乾淨淨，湯姆的頭磨蹭著我的褲子搔癢。

我蹲下，拍拍牠的笨腦袋。

「人家都說擒賊先擒王，我卻是從一條狗開始賄賂起。」我捏著牠的大臉，說：「話講在前頭，你吃了我這麼多條熱狗，以後有機會我在李小華面前表演跟你很要好的時候，你可要配合一點，不要讓我漏氣。」

湯姆一直嗅著我，好像想從我的身上找出第二條熱狗似的。

「沒了啦。」我拍拍牠，跨上腳踏車，癡癡地看著二樓的黃色光毛玻璃離去。

夏天剛要過去，隨著熱狗一條一條消失，我跟湯姆也越來越要好。

每次從李小華家前騎腳踏車離去，我呆呆地看著二樓的脖子仰角，漸漸往下低垂，變成意猶未盡地看著吐著舌頭的湯姆，揮揮手，答應牠下次會多陪牠一點。

「喂，你家主人為什麼不理我了？明明聯考就結束了啊。」我問。

「……」湯姆還是吃著熱狗，這是牠唯一的興趣。

「會不會是我個性太輕浮了……不對啊，我這個人一直都很不可靠，從你家主人一開始認識我的時候就知道我是這種人啊。」我困惑不已。

「……」湯姆淌著舌頭。

「難道你家主人，不想把『宮本勇次又帶刀』的熱血故事給聽完嗎？後面超精彩的呢。」我越說心裡越難過，終於嘆氣：「誰說十六歲的男孩不懂愛情？那我心中的酸跟苦，又是怎麼一回事？」

湯姆當然沒有回答，只是用牠最擅長的方式陪著我。

快要開學的新生訓練結束，有一天，我穿著還沒繡上學號的制服經過李小華她家，猛地發現湯姆不見了，牠的小狗屋也不見了。

我跳下腳踏車，看見門口鐵門拉下，上頭貼著一張紙，上面寫的話我到現在都還會背：「郵差先生，我們搬家了，請不要再將報紙跟信送到這裡。謝謝。」

瞬間，我的視線無法對焦，思緒一片空白。

這是怎麼回事？

搬家？搬去哪？我手中的熱狗怎麼辦？

我十萬火急地衝回家，打了通電話給沈佳儀。

「沈佳儀，妳有聽說李小華搬家的事嗎？」

「怎麼？她搬家了啊？」

「對啊，我剛剛看到她家樓下貼了一張叫郵差滾蛋的字條，怎麼辦？我完蛋了，我完蛋了，我跟許博淳還計畫印傳單到她家附近發說……」

「發傳單？」

「對啊，傳單上面就寫：柯景騰喜歡李小華，搞得她家附近的人都知道，讓她覺得很浪漫。現在全部都完蛋了，地球快要守不住了……」我慘叫。

「太誇張了吧，你有那麼喜歡她？」沈佳儀的語氣有點不以為然。

「我完蛋了，完蛋了，我以後都找不到她了……」我十分沮喪，看著塑膠袋裡冷掉的熱狗：「拜託啦，妳幫我打電話給那群臭三八，打聽一下她搬去哪裡了好不好？」

「……」

「拜託啦！」我大叫。

我很失落，依舊在她家樓下騎腳踏車來來去去繞個不停。

心裡很空，卻不知道自己在空些什麼。

後來沈佳儀打聽清楚，捎來電話，用很確定的語氣告訴我一個消息。

「柯景騰，你絕對是弄錯了，李小華根本沒有搬家。」

「不可能啊，我明明就看到她家樓下貼了一張……」

「我打了好幾通電話，大家都說李小華沒有搬家，你如果不信可以直接打電話給李小華問啊。還有我告訴你，我問到這邊為止了，剩下的你自己想辦法解決。」

「這怎麼可能……」

我掛上電話，再度繞去李小華她家樓下，半信半疑地研究那張紙條。

紙條或許是假的（跟郵差亂開玩笑？真是太調皮了），但湯姆那麼大一隻都不見，這就不是開玩笑的。我超疑惑，一抬頭，看著門牌發呆。

突然，我虎軀一震。

「這是……XX街十五號？不是成功路十五號？」我瞪大眼睛，全身都在發抖。

不用跨上腳踏車，我只是很快地「檢查」了附近的民宅門牌，天，這裡正是成功路與XX路的交叉口，而「正牌的李小華的家」，就座落在「黑心牌李小華的家」的對面十公尺處，偏偏兩個門牌的號碼都是十五號！

「未免也太巧了吧，兩個十五號……」我傻眼了。

從頭到尾都是一場誤會，只有天底下最白癡的人才會遭遇的誤會。

這裡，從來就不是李小華的家。

而湯姆，當然也不是李小華的狗。

而那些熱狗……我嘆了口氣，根本就是錯誤投資嘛！

我笑了出來，幸好李小華沒有搬家，我以後還是可以騎著腳踏車繼續在這裡晃晃蕩蕩，當我的愛情地縛靈。而且這次可不會再有誤會了，我死盯著李小華她家的門牌，再三確認這間才是道地的正貨……

「吁。」我跨著腳踏車，腳一踏，輪子轉動。

我如以往回頭，卻沒有看著正牌的李小華家。

我的視線落在湯姆總是坐著、目送我這個熱狗大亨離開的老位子。

「湯姆，你這隻騙吃騙喝的大白狗去哪裡了呢？」

我心好悶，依舊不住地回頭。

直到敲著鍵盤趕雜誌連載的此刻，一念及此都還是透不過氣。

很多個夏天過去了，每次經過李小華她家門口時，我總是多瞥了一眼，多騰了好些思念，在那個充滿誤會的地址上。

那裡有更多的回憶。

曾經有一隻叫湯姆的大白狗，陪著我癡癡聽著陌生人彈奏鋼琴。

……………………………………

【註】把別人家住址公開寫在小說上是不道德的，於此僅作相似效果的模擬。

10

高中終於開學了。

精誠中學的高中制服，男生是咖啡色的長褲，女生是咖啡色的窄短裙，配上最普遍的白色上衣，藍色的布書包。分班制則是用一個冠冕堂皇的順口溜：「忠、孝、仁、愛、信、義、和、平、禮」。

扣掉跑去唸彰化女中的同學，我們這些從精誠中學美三甲直升高中部的老朋友，對於繼續在同一間學校唸書這種事感覺稀鬆平常，並沒有突然轉大人的錯覺。更何況，我們忠班的導師竟然還是賴導，真是連最後一點新意也被榨盡。

沈佳儀、黃如君跟楊澤于選了社會組，被編到同一班，和班。

其餘的人幾乎都選唸自然組，分別被編進忠、孝兩班，但分成兩班只隔了面牆，老師差不多都一樣，我們打打鬧鬧的樣子也就跟國中時期沒太大差別。

我跟阿和再接再厲繼續同班，展開一場為期三年慘烈的戀愛角力。

阿和當朋友非常的棒，當情敵則讓我不知所措。

可能的話我非常不想討厭阿和。

如果你討厭你的情敵，意味著你除了討厭他，其餘的都不能做。這只是證明你樣樣都不如他，無可奈何之下，只好在情緒上作個敵對。

所以我一直跟阿和維持非常友好的關係，真真誠誠地對待。只是在愛情決勝負的關鍵上，我們都不曾容過手。

真的是，非常辛苦啊！

多年以後，阿和在彰化縣政府旁的茶棧，坐在我對面，聽我說起這段往事。

「柯騰，既然你那個時候就很喜歡佳儀了，為什麼還可以一邊喜歡小華？」阿和不以為然，他算是個愛情基本教義派。

「這算什麼問題？一次喜歡兩個女孩有什麼好稀奇？很多女生也常常一邊喜歡劉德華，一邊喜歡張學友啊！」我老實回答，語氣漫不在乎。

迴避情感才是最不正常的事。

人如果無法在心底深處感受靈魂的所有嚮往，情感才會變得殘缺。

真正認識了情感——自己獨一無二的情感，接下來會發生什麼事，才有「大人的成熟世故」跟「小鬼頭的義無反顧」的差別。對我來說是這樣。

「哪有這樣的？誰跟你一樣？」阿和啼笑皆非。

「這種事我能有什麼辦法，喜歡上就喜歡上了。」我看著胚芽奶茶上的泡泡。

是啊，喜歡上就喜歡上了……

那是個體力很多，多到用不完的傻性青春。

只要精誠一放學，我就踢著許博淳的腳踏車，要他跟我一起衝越坡度很邪門的中華陸橋，飆到彰化女中校門口「觀禮放學」。日復一日，日復一日。

校門口，兩台腳踏車。

兩個無視彰女教官瞪視，汗流浹背的笨蛋。

「我們剛剛闖了幾個紅燈？」

「兩個？還是三個？」

「喂，這樣總有一天會出車禍。你什麼時候要放棄李小華啊？」許博淳喘著氣，讓結巴更嚴重了。

「永遠不會。」我上氣不接下氣，小腿還在顫抖：「你只要注意你的李曉菁就好了，我看我的李小華。」

「我又沒有要做到這樣，超累的，以後你自己這樣衝，我不陪了。」許博淳搖搖頭，抓著腳踏車的手都還在抖。

「戀愛就是集體作戰啦，這樣才有熱血。相信我，熱血的愛情總有一天會流行起來的。」我豎起拇指，看著李小華從彰女校門口排路隊走出來。

李小華看了我一眼，卻像是看著空氣，一點表情也沒有。

「……」我看著越走越遠的李小華。

她總是這樣無視我的存在，就這樣頭低低地走路回去，連聲招呼也不打。

我被討厭了嗎？她覺得我這種默默站崗的方式很幼稚很笨嗎？一想到這個可能，我連心底都會直冒汗。

「認真考慮放棄吧。」許博淳嘆氣，踢了一下我的腳踏車。

「不要。我這個人一旦努力不懈起來，連我自己都會怕啊！」我咬牙。

踩著落寞的城市夕陽，我們騎腳踏車離去，有一搭沒一搭說著話。

「柯騰。有件事我從別人那裡聽來，你最好深呼吸一下。」許博淳突然停下。

「衝蝦小深呼吸，要講就快講。」我皺眉。

「前幾天我遇到李曉菁，她跟我說李小華已經改名字了。」他看著我。

「改名字！」我臉色慘白。

「改成李姿儀。姿色的姿，沈佳儀的儀。保重了，換名字只是個開始啊！」許博淳揮揮手，轉進他家的巷子。

我呆呆地騎回家，雖不至於太驚訝，但心裡還是很難受。

李小華這個名字，讓我不知道笑了幾次，畢竟真是取得太簡單明瞭了，導致每本參考書都充斥著「小明」、「小華」、「小美」這類的名字，讓李小華本人也不勝其擾，也曾認真警告我不要取笑她的名字，我只好忍下這一類的玩笑。

現在李小華終於要改名字，非常合理。但我就是一整個不對勁。

「從改名字開始，然後徹底消失在我的生命裡嗎？」

我在街上不斷大吼大叫，直到聲嘶力竭後才回到家。

後來我寫了一張卡片，壓下我昂貴的自尊心，苦苦哀求當初那群以友情為名坑害我的、同樣唸彰化女中的「她們」，幫我轉交給對我視而不見的「李姿儀」；隔天回報的結果是，李姿儀漠然地看完了卡片，接著便當她們的面撕掉，並大發了一頓脾氣。

「她說，請你以後不要再寫東西給她了！」她們說。

連續幾天，我都渾渾噩噩地遊屍在學校裡。

這算什麼，過去的記憶難道都是我被外星人抓去，亂七八糟被機器灌進的假象嗎？怎麼突然通通不算數了呢？

再也提不起勁去彰女門口站崗，放學後我只是坐在教室裡輪著等看最新的少年快報，要不就是跟許博淳把玩同學收集的NBA球員卡，一整個靈魂空蕩。許博淳也被我的負面能量所影響，漸漸地，放棄追同樣唸彰女的李曉菁。

有時放學後，我跟許博淳會到許志彰他家院子組隊打籃球。我們兩個都打得很爛，所以總是互相守對方（當我們之間有人拿到球，其他人完全不想插手我們之間笨拙至極的對決），打到筋疲力盡沒辦法想太多才回家。

總之，我就是無法靠近彰化女中，那裡有一道防禦自作多情笨蛋的結界。

你問我，只是改了個名字有這麼嚴重嗎？

我卻無法迴避我心中的不舒坦。

11

電影侏儸紀公園有句經典台詞：「生命會自己找到出路」。是不是真的我無法確定，但我相信——人生沒有意外。

某天，我在學校一直瞎混到晚上六點多才揹起書包走人，經過一樓某間國中部的教室時，竟看見理應搭乘校車回家了的沈佳儀，一個人在裡頭看書，旁邊還放了一碗吃到一半的乾麵。

我大感奇怪，難道是錯過了校車嗎？又，怎麼會出現在國中部的教室？

「沈佳儀，妳是沒搭上校車喔？」我直率走了進去，打招呼。

「……不是。」沈佳儀的臉色有些靦腆。

「啊？幹嘛臉紅。」我大剌剌坐下，看見沈佳儀的桌上是本數學參考書。

「我想留在學校唸書，學校晚上比較安靜，唸書的效率高。唸完了再叫我媽載我回家。」沈佳儀有些不好意思。

「哇，這麼用功。」我微感驚訝。

聽沈佳儀的口氣，好像常常晚上留在學校唸書似的。老天，別告訴我傻呼呼的高一就得提早過著衝衝衝的高三生活。

「你呢？你剛剛從彰女那邊回來呦？」沈佳儀打趣地看著我。

「別提了，我完蛋了。李小華改了個名字，害我想撞牆。」我靠著牆，翹腿。

「算了吧，反正現在談戀愛真的太早了。」沈佳儀用筆敲敲參考書，認真地說：「先把課業顧好，才是現在最應該做的事。」

「妳一點都沒變，死腦筋的歐巴桑。不過妳怎麼會想到晚上留校唸書啊？像這樣隨便進別人的教室沒問題嗎？」我伸了個懶腰。

「我姊姊她們偶而都會這樣啊，只是一過六點，樓上教室的鐵門就會被校工拉下來，所以我都『借』樓下學弟妹的教室唸書，反正都沒有鎖，校工也沒趕過我啊。」沈佳儀理直氣壯。

「喔，原來是這樣。那妳姊姊呢？」我一攤手。

「她跟她的朋友去別的教室啦。反正沒有上鎖的教室很多間，我喜歡一個人讀書。」沈佳儀說。

靠著牆，我看著一公尺外的沈佳儀，有種很溫馨的感覺萌上心頭。

我們現在不同班了，難得有機會還在同一間教室裡，像這樣說說話。

「對了，你幫我看看這一題，我解很久都解不出來，看參考書上的解答又跳得太快。」沈佳儀遞給我她正在唸的數學參考書。

我接過，是log指數的章節。

糟糕，恐怕要出糗。

擦著汗，我拿起紙筆開始算了起來，而沈佳儀就在一旁吃麵等著，一邊跟我說起她們家的零碎瑣事，跟她媽媽加入慈濟當義工後發生的事情。

隔了許久，我終於拼湊出詳盡的計算過程，吁了一口氣。

「原來解答是這個意思……參考書省了太多過程了，難怪我會看不懂。」沈佳儀直點頭，若有所思地看著我說：「你有沒有覺得，高中數學跟國中數學突然變成兩種完全不一樣的東西？」

「嗯，聽妳這麼一說，好像是吧。」我汗顏，還在愣愣的驚恐後勁中。

「那我以後不會的數學你就幫我看一下吧，以前是我教你，現在如果我的數學變差了，你可要負起責任！」沈佳儀看著我，表情不知道是太過認真呢，還是咄咄逼人？

「……嚇不倒我的。」我說，心中隱隱下了個決定。

揮別一個人在學校開教室唸書的沈佳儀，我回到家，洗了個澡，隨便扒了兩口飯，又騎腳踏車回到學校。

沿途都在笑。

原來沈佳儀還是那個樣子呢，認真的女孩最可愛，果然一點不假。

糟糕，沈佳儀可以煞到我一次，就可以再接再厲煞到我一百次。

你問我這麼晚我回學校做什麼？不好意思，從現在起我搖身一變，朝著用功好青年的路上邁進，還兼差保護夜間留校的用功美少女。

腳踏車越騎越快，迅速翻過中華陸橋的大陡坡，迎風滑下。

「是的！我又重新找到人生的意義啦！」我振臂大吼，狂呼：「感謝老天爺賜給我用熱戀治療失戀的爛個性！太棒啦！這真是世界奇妙物語啊！」

地球防衛軍！加油！地球又重新擁有了被守護的理由啦！

興沖沖騎回學校，我逕自找了間鄰近沈佳儀開的教室附近的一樓教室，打開燈，就這麼展開我夜間留校唸書的生涯。

我沒有跟沈佳儀在同一間教室讀書，是因為我相當清楚「一個人獨處」的珍貴，那是天生不受打擾的自由，我想沈佳儀也需要。另一方面，我不想讓沈佳儀意識到「我蠻喜歡她」，免得還不想談戀愛的她會排斥我的出現。

就這麼靜靜地陪著她吧，我想。打開數學參考書。

晚上的學校另有一番寂靜的面貌。

椰子樹旁白色的寂寞路燈，無法細辨從何而來的蟲鳴，管樂社斷斷續續傳來的小號練習，籃球場上有一搭沒一搭的運球聲。

越晚，像樣的聲音就越少，讓我在上廁所的時候都格外驚心動魄。據說前任女校長畢靜子矗立在怡心池旁的銅像，到了晚上眼珠子就會開始轉動瞪人，混蛋，我一想到就怕。但這次我可不敢跟沈佳儀「分享」這種事，前車之鑑，前車之鑑……

不再毛毛躁躁，我用力地算著數學，這可是關乎我人生的重要課題。

八點十五分，沈佳儀累了，隨意走動時發現我在另一間教室。

「你也來啦！」沈佳儀看起來很高興，走進來，手裡拿著一盒餅乾。

「嗯嗯，我有點不太放心妳一個人晚上這樣待著，順便唸點書。」我打了個呵欠，裝作稀鬆平常。

「喔？幹嘛裝體貼。休息一下，一起吃餅乾吧，陪我聊聊天。」沈佳儀坐在我前面，將餅乾盒放在我的參考書上。是歐思麥巧克力夾心餅乾。

我們隨意聊了起來。什麼都聊，從嚴肅的人生觀到生活小趣事，東拉西扯的，最後不免聊到上了高中之後的生活。我也就此得知，我的一干朋友都各自用自己的方式偷偷追著沈佳儀，嚇了我一大跳。

開朗的廖英宏，老是在放學時候跑去和班教室找沈佳儀瞎抬槓；可怕的阿和則是在每節下課都到和班門口找尋沈佳儀的身影，一「巧遇」就猛聊天；頗有文采的謝孟學經常寫含意隱諱的詩送沈佳儀；跟我們唸不同校的張家訓則每個晚上狂打電話給沈佳儀，沒有東西講卻硬是不放下電話。

「挖靠，妳行情怎麼這麼好？」我啃著餅乾。

「一點都不好，我非常認真想要好好唸書。他們這樣對我，讓我有點不知所措，唉，為什麼大家都急著談戀愛呢？」沈佳儀嘆氣，是真的嘆氣。

直到餅乾吃完，沈佳儀才笑笑回到自己的教室，她媽媽到九點半便會開車到校門口接她回大竹，她還想趕時間多唸一點書。

我依依不捨看著她的背影離去。心想，這將是一場比擬第一次世界大戰壕溝戰的戀愛，歷時至少三年，在沈佳儀考上理想大學以前，誰先露出想追她的嘴臉的人，誰就會提早出局。

「而我，竟是唯一知道這個祕密的人。」我若有所思。

人生沒有意外，我一向堅定信仰這點。我會得知這個重要情報絕對有其意義。

所以，我得到一個不容質疑的作戰方針：「堅守三年，沈佳儀最好朋友的位置；上了大學後，再一鼓作氣告白，贏得全世界。」

我打開空白筆記本，開始畫人物關係樹狀圖，擬定粗略的作戰計畫。

首先，言行舉止皆很奇怪的張家訓不足為懼，但可以作為我跟沈佳儀吃餅乾閒聊的話題。廖英宏很會講怪笑話，這點跟我差不多，但基本上只需要小心一點即可。謝孟學成績非常棒，又會亂寫詩，這下我的成績也不能夠停留在「還可以」的狀態。最棘手的還是阿和，混蛋啊，沈佳儀聊到阿和的時候神采都會有些不同，讓我陪笑得很辛苦，不過沒關係，阿和，我會把你誘拐到向沈佳儀表露心跡的死胡同去……

但戀愛的真正勝負不在於別人，而是自己。於是我反省了一下我的內心。

從以前開始，我在沈佳儀面前或多或少，都會有一點不自在。這份不自在從國一開始就一直沒能成功擺脫，直到剛剛吃餅乾聊天的時候也是一樣，聊得很開心，可是我卻有些放不開，大剌剌說話的模樣有一半是強裝出來的。

這是為什麼？

我常常會壓抑自己流露出喜歡的情緒，即使不經意的眼神也竭力避免。

怕什麼？我想到一個名詞差可比擬現在的情況，就是「自慚形穢」。

國中的時候，自己在沈佳儀面前的自慚形穢，是因為我對沈佳儀頗有好感，隱隱畏懼沈佳儀會因為我成績爆爛，兼之上課吵鬧而看不起我。

青春期的男生可以在一百個人面前極盡丟臉之能事，還兼洋洋得意——只要其中沒有他喜歡的女孩。

青春期的男生可以在籃下被蓋一百次火鍋，還覺得打籃球是件有趣的事——只要附近沒有他喜歡的女孩。

青春期的男生可以因為成績差勁、上課搗亂、跟牆壁說話，變成某種反其道而行的英雄——只要他不需要坐在喜歡的女孩的前面。

而現在，如果我一直被自慚形穢的迷霧給困惑住，我就不能用完整的自己去喜歡沈佳儀。那樣的喜歡，頭都垂得低低的，很不是滋味。

「所以，還是得從成績開始著手啊。」我抓著頭，苦笑。

原來從以前一不留神開始用功讀書後，我還是得靠用功讀書這種「非常退流行」、「講出去會被笑」的老步數去追女生。真的是非常健康，老師家長都很推崇的校園愛情啊！

此時，沈佳儀站在外面，輕輕敲著我那間教室的窗戶。

沈佳儀的旁邊是她唸高三的姊姊沈千玉，用一種似笑非笑的表情看著我。

「我媽要來接我了。」沈佳儀歪著頭。

「嗯，我再待一下就回去。這裡唸書的環境出奇的好。」

我說，強忍下想跟她一起去校門口等車的衝動。那樣太像「喜歡她」了，我一做，就會被歸類到「妨礙她好好唸書」的那個笨蛋集團裡。

「這本參考書拿去，上面有幾題我做了記號，你把解題過程寫好再拿來給我。拜託你囉！」沈佳儀說，將參考書放在窗口下的桌子上。

「小意思。」我亂講。

「還有，別跟太多人說我留校喔，我怕不必要的麻煩。」沈佳儀伸出手。正合我意啊，傻瓜。

「知道了。」我伸出手，隔空勾勾手。

跟她們姊妹倆揮手道別，我不禁嘆氣。

……我生命中怎麼這麼多貴人在督促我唸書啊！

12

我是個很熱血的人，總是莫名其妙把日子過得很熱血。

為了提供沈佳儀「非參考書版本」的解題過程，我迷戀上狂解數學題目，而我在解答之外的樂趣，就是在紙條上亂寫沒營養的笑話夾在參考書裡，然後下次沈佳儀再將參考書遞給我的時候，裡面就會有沈佳儀版本的紙條……證嚴法師的靜思語……囧rz。

一來一往的紙上對話，讓我每天都過得超有精神，都有一點簡單的期待。

我通常會在隔天某堂下課時間，跑到社會組的和班教室找沈佳儀，將我辛苦悟出的答案遞給她。因此阿和、廖英宏跟我，常常會因為不同的理由，在沈佳儀教室前不期而遇。

「那個，柯騰你來做什麼啊？」廖英宏的介意全寫在臉上，但還是勉強笑道。

「來送數學解答的啊。」我笑笑，自信就是要用在這個時候。

「什麼數學解答啊？」阿和介意到直接伸手拿起我手上的參考書翻翻。

看見紙條，阿和臉色一變，廖英宏也突然變得表情怪異。

沈佳儀走出來，笑笑拿回阿和手中參考書。

「都解完了嗎？真有效率。」沈佳儀總是一臉陽光。

「下次挑難一點的題目給我啦，我這個人啊，一直解太簡單的題目會變笨。」我得意洋洋地說。

「喂，你是說我很笨嗎！拜託你以前的數學可是我教的耶！」沈佳儀沒好氣。

阿和跟廖英宏在一旁看得目瞪口呆，完全不能理解箇中奧祕。

於是我揮手離去，並不加入自討沒趣的四人對談。臨走前我頗有深意地看了沈佳儀一眼，賊兮兮地用嘴型說道：「真、有、行、情！」令沈佳儀氣得一直瞪著我。

「緊張吧你們這些人，越緊張就越藏不住喜歡的尾巴。」我奸笑。

幾乎每天晚上，只要沒有補習我就會留在學校唸書，連晚飯都在學校側門對街的麵店簡單解決，有時還會幫沈佳儀買晚餐。

沈佳儀有時自己開一間教室唸書，有時跟她姊姊一起窩在同一間教室。

但我總是非常有耐性，我幾乎不去找沈佳儀聊天，一個人乖乖地啃書。除了與沈佳儀每天交流的數學研討外，我常在空蕩蕩的一樓國中部教室裡朗誦英文課文，然後將化學講義背到熟透，連外星人發明的物理我都因為時間太多太無聊，被迫算了好些題目。

然後，當牆上的時鐘走到八點的時候，沈佳儀就會帶著一盒餅乾出現，這時她已不再用原子筆刺我的背，而是直接走到我面前，笑笑坐下。

「你有想過以後大學要唸什麼科系嗎？」

「還沒認真想過，我們現在才高一吧，沈佳儀，妳別老是那麼成熟。」

「訂下一個目標，唸起書才會特別有意義啊。可是我自己也還不清楚，可能是台大外文吧，但這個答案只是我不知道怎麼選所以暫時決定的。你呢？如果要暫時訂一個目標的話？」

「……妳有什麼好建議？」

「你知道證嚴法師的慈濟醫學院快要籌備完成了嗎？」

「啊？三……三小？」

「你可以去唸慈濟醫科啊，花蓮有很多需要幫助的人，你一向都很善良，騙不了我的，我覺得如果你去唸醫科，一定會是個好醫生呢。」

沈佳儀的眼睛閃閃發亮，但我的拳頭可沒應景地握了起來。

醫學院……還有比這種愛情更激勵人心向上的嗎？死板的父母該清醒一下了，

別老是停在戀愛阻擋課業的舊思維，快點督促你們貪玩的小鬼頭談場熱血K書的奮鬥式愛情吧！

後來，我無聊到數學參考書上的每一題都演算整整十一遍（這個次數我至今耿耿於懷，不能或忘），英文課文朗誦到都快燒刻在腦紋裡。毫無意外，我第一次高中月考就來到自然組全校第九名，英文跟國文都是全校最高分，震驚了我那一群好友、還有持續擔任忠班導師的賴導。

但沈佳儀更霹靂，一舉拿下社會組第一名，上了司令台從校長手中領取獎狀。

「媽的，總有一天我也要上台，跟沈佳儀一起領獎。」我嘆氣，看著司令台。

那意味著，我可得拼到全校前三名才行啊……如果真有那一天，以我超頻太甚的腦力，一定會腦內爆漿，少年中風啊。

由於我常常晚上留校的關係，總是跟我一起騎腳踏車回家的許博淳最早發現了我的異常，後來看在我強烈推薦的「成績好像可以變好」的份上，許博淳也開始晚上留校唸書。

我必須說，這是個關於愛情的故事，卻飽滿了更多的友情。

許博淳是我求學時期最好的朋友，我們兩個大男生之間存在了太多讓人張大嘴巴的巧合。就在許博淳決定一起夜間留校後，便發現他最新喜歡的女生，竟然也跟著她的姊姊留在晚上的學校唸書。

「留校唸書真的是……一件非常好的事啊！」許博淳呆呆地看著教室裡的她。

「沒錯，耍帥裝酷把妹的時代已經不流行了，現在用功讀書才是追求正妹的王道！用功！再用功！」我拍拍許博淳的肩膀，兩人都很振奮。

巧合不只如此。某天晚上我們從學校回家途中，許博淳突然想吃點零食，於是我們將腳踏車停在一間叫「三角窗」的家庭式簡餐店外，巴望著想吃點東西。

一進去，我們兩個眼睛同時發亮。

店裡角落擺了一台大型機台遊戲機，是有夠老舊、屬於六年級生的「勇猛拳擊」【註】，沒有很多粉絲，卻讓我跟許博淳迷戀不已。勇猛拳擊，顧名思義是個格鬥對戰遊戲，如果用右手「拇指加食指加中指」匯聚成一個鳥喙樣，在半秒間快速啄兩下攻擊鍵，主角就會使出「彗星拳」必殺技，難度非常高，我們幾個死黨還會拿計算機的按鍵來比賽，設定「1＋1」後，看看誰可以在十秒內連擊最多下（最後的數字就是結果）。

「那種機台不是失傳很久了嗎？」許博淳大驚，虎軀一震。

「沒辦法了，只好挑他幾場！」我趕緊掏出五元硬幣，投進機器。

從此我跟許博淳在晚上唸完書離開學校後，就會眼巴巴地騎到三角窗，兩個人胡亂吃著東西，坐在遊戲機前開揍，揍到一毛不剩才離開。

某天晚上，我們口袋的五元銅板特別多，打到老闆娘都拿著長勾敲著鐵門恐嚇，我們才意猶未盡地揹起書包走人。

「不行，我們這樣一直打電動真的很幼稚，又浪費錢。」許博淳嘖嘖。

「可是我們才高中，幼稚一點本來就很正常，吼！拜託！」我倒是很樂。

「但也不能太超過，我們來規定一下，只有當我們兩個人都在的時候才可以去打勇猛拳擊，一個人的時候不行，免得太沉迷。」許博淳正經建議。

「也是，這個遊戲很恐怖，程式裡頭一定有詛咒。」我同意，擊掌。

此時，我們在夜風中踩踏著腳踏車，順著熟悉的「習慣」路線，許博淳陪著我先繞到李小華家再各自回家。我突然有個奸詐的想法。

在「誰先被沈佳儀發現在喜歡她，誰就提早出局」的奇怪作戰原則底下，我決定跟這位超級死黨分享我的祕密。

「許博淳，你跟阿和也很要好對不對？」我試探性地問。

「對啊。」許博淳。

「儘管如此，我還是決定跟你說一件很酷的事，請你顧念我們的義氣，千萬不要跟阿和說。嗯？」我伸出手。

「沒問題，你愛上了他姊姊嗎？」許博淳亂講，伸出手。

兩人擊掌。

「不是，是沈佳儀。」我笑笑，爽快說道。

「……」許博淳有些吃驚的表情。

「你不必跟我說，但我清楚阿和很喜歡沈佳儀對吧！」我哈哈一笑。

「算你對了。天啊，你們幹嘛一票人都喜歡沈佳儀？」許博淳不解。

「千千萬萬，不可以跟阿和講喔。」我微笑，揮手。

我們分開的瞬間，我的臉簡直笑到歪掉。

許博淳一向跟阿和很要好，這種戀愛大事是不可能不透露給阿和知道的。我故意跟許博淳洩漏自己的心底事，就是想讓許博淳幫我帶個話。

認真說起來我可是個狠角色，阿和也該發現我跟沈佳儀的交情非比尋常，如果阿和百分之百確定我喜歡沈佳儀後，一定會加快「追」沈佳儀的腳步。如此一來，這位強敵就會一腳踏進沈佳儀的「絕對禁區」！

I LOVE
MILK

「糟糕，我會不會太奸詐了？」我看著月亮。

「不會，你是非常非常的奸詐。」月亮說。

「不客氣。」我豎起大拇指。

【註】勇猛拳擊第一關是個愛亂跳的黑人，第二關是個蛇形刁手，第三關是個穿緊身衣的胖子，第四關是揮舞鐵鍊的黑人，最後一關則是自己的分身。在國小時，這遊戲可是我跟幾個死黨間的寶。

13

用功讀書的日子就這麼一天天過去，我的自然組成績一直都不錯，最好的時候若扣掉我一點都沒準備的歷史跟地理，還曾用力撞到全校第五名。但還是不夠資格與始終保持社會組第一名的沈佳儀一起上司令台領獎。

不過人太奸詐，真的會遭到報應。

寒假到了，高一去了一半。

整個無聊的寒假我都忙著準備沈佳儀二月二十三號的十件生日禮物，其中有張四開大小的手繪生日卡片，一篇五千字的落落長作文，甚至包括自己刻一個橡皮印章這種過分勤勞到違反我本性的事，我也忙得不亦樂乎。

但只有禮物還不夠，我還需要一個無厘頭的驚喜。

下學期開學那天，是半天課的大掃除。一大早屁股還沒坐熱，我就寫了一張沒頭沒腦的「絕交信」，請許志彰幫我快遞到和班給沈佳儀，讓她開始提心吊膽的一天。

許志彰回到教室，疑惑地問我：「你寫給沈佳儀的是什麼東西，怎麼她看了非常緊張，一直問我你到底在生氣什麼？」

此時廖英宏、謝孟學、許博淳、李豐名、杜信賢等人都被我的手勢給招呼，圍了過來看熱鬧。

「先不要問這個。」我正經八百地拿出一塊有夠醜的磚頭，說：「來，大家拿立可白在上面簽名，一起送生日禮物給沈佳儀吧！」

「磚頭？」廖英宏狐疑。

「對，就是磚頭。呵呵，讓沈佳儀硬是帶一塊有夠重的磚頭回家，不是很有趣嗎？哈哈！而且她一定不會忘記。」我將磚頭砰地擺在桌上，拿出立可白。

「虧你想得出來！」大家哈哈大笑，輪流用立可白在磚頭上塗鴉。

我注意到阿和的位置是空的。是請假嗎？哎哎，磚頭上少了你的簽名，真是太可惜了。因為我的打算是，讓沈佳儀覺得這些人怎麼會白目到送醜不拉機、又重得要死的磚頭當生日禮物，這樣就可以凸顯出我那些禮物的價值啦！

幼稚，但有效。

看著那些人沉浸在畫磚頭的快樂中，我不禁感嘆這場戀愛未免也太沒競爭。

另一方面，為了讓沈佳儀有更多的時間在忐忑不安中度過，我一直等到中午放

學時才起身。整個上午沈佳儀都派遣楊澤于當信差跑了好幾趟，問我到底在惱她什麼，甚至還跟我來個語焉不詳的苦澀道歉，就是不敢親自過來看看我。

一切都在我的掌握之中，人生沒有意外。

「底牌揭曉。」

我興致勃勃地拿著一大堆「友情版」生日禮物，走到社會組教室區找沈佳儀，超級想看看她收到禮物時的表情。

「嗨。」我惡狠狠瞪著沈佳儀。

沈佳儀一看到我，整張臉都嚇白了，什麼話都不敢說。

「哈哈！跟妳開玩笑的啦，我根本沒有在生什麼氣，生日快樂！」我很樂，開始展示我用力準備的十樣生日禮物。登登！

「天啊！我就知道，我一直想不出來到底什麼時候惹到你了！」沈佳儀恍然大悟，氣得……氣得居然笑了出來。

「是這樣的，我個人認為呢，要給妳最大程度的快樂，與其讓快樂指數從零跑到一百，不如從負一百飆到正一百，這樣絕對值是兩百整，非常厲害又一輩子忘不了的快樂吧！」我笑笑解釋，打開四開大小的大卡片。

「柯景騰，你真的非、常、幼、稚！你會不會太無聊？真的是……快把我嚇死了！」沈佳儀罵我的時候，臉上的笑卻無法停下來，整個就是開心。

我非常滿足地欣賞，沈佳儀研究我刻的橡皮印章的模樣。

努力做了一個寒假手工藝的我，在沈佳儀笑出來的瞬間，於記憶的盒子裡收藏了一幅美不勝收的畫面。那個畫面，代表沈佳儀非常重視跟我之間的……友情。

而半天不見的阿和，此時正好從和班裡面走出來。

不只如此，還變得很瘦。原本那個胖呵呵像個大西瓜的阿和，竟縮水到連臉頰都陷了下去，幾乎變成一個我認不出來的「老朋友」。

後來我才知道，阿和靠著代餐、運動、加上超強的毅力，在短短兩個月的時間內非常健康地瘦了下來。可怕的硬漢。

「阿和，你也來送禮物啊？」我說，驚訝地看著變瘦的阿和。

「不是，我的新教室就在這裡啊。」阿和指著和班的隔壁教室，平班。

社會組的，平班。

「三小！你轉到社會組?!」我張大嘴巴，手中的禮物簡直在發抖。

「是啊，自然組我他媽的唸不下去。」阿和嘆氣，兩手一攤。

這……這簡直就是作弊！

「你別亂啦！」我完全傻眼。

「亂什麼?勇伯教的物理我聽不懂，想了又想，還是唸社會組比較適合我。」阿和又嘆了一口氣，眼睛卻笑得厲害。

最讓我棘手的情敵，跟我交情最久的老朋友。

現在變瘦了，作弊似地轉班了。

距離沈佳儀，只有一面牆。

我的愛情……

14

二〇〇五年十月的今天，正坐在茶水店趕這份雜誌連載稿【註1】的同時，再度面臨被發好人卡的慘況。一時三刻，我與鍵盤之間有太多的話想要傾注。

每次無法親近我最珍視的愛情，都有不同的理由。實話說我無意收集各式各樣自己被拒絕的理由——那種癖好太悲情，也太變態了。

愛情不是人生的全部，卻是我人生的味道。

越是深沉的痛苦，代表我曾經愛得越飽滿。

每當過一次愛情，我都能獲得無與倫比的勇氣，在跌倒的時候吹拂傷口，然後重新站起。

總是以祈求著「永遠在一起」的心意追求喜歡的女孩，是我的愛情之道。正因為如此，當我昨晚對女孩告白時，儘管還是被婉轉拒絕了，我依舊能義無反顧信仰著我獨一無二的熱血愛情。

正在當兵的廖英宏打了通電話安慰我，聊著聊著，廖英宏提到了他與喜歡的女孩花蓮、台南兩地相隔的苦境。他們小倆口僅僅靠著書信、網路、電話，小心翼翼築起了彼此喜歡的小小期待，卻因為一直都沒有見過面，感到惶恐與不安。

「柯騰，我現在好煩，遠距離戀愛真的很可怕……我真的很想立刻過去台南找她。我想見她，看著她跟她說說話。」廖英宏的聲音，充滿害怕失去女孩的焦慮。

「該邊，我剛剛突然明白一件事。」我看著剛剛被發好人卡的MSN畫面，鼻子還酸酸的。

「什麼？」

「我們以前在喜歡沈佳儀的時候，可曾因為任何理由退縮過？」

「……沒有。」

「如果我用所有的力氣拜託你不要跟我爭，你會退出嗎？」

「不會。因為是沈佳儀。」

「一點也沒錯。因為是沈佳儀。」

是啊，可曾因為任何理由退縮過？身高？成績？距離？

每個女孩都是我們人生的燭火，照亮了我們每段時期瘋狂追求愛情的動人姿態，幫助我們這些男孩，一步一步，成為像樣的男子漢。

我們所要做的，就是再多喜歡那女孩一點。再多一點，再多一點一點。

只要夠喜歡，就沒有辦不到的等待。
就可以一直靠信仰愛情，堅持下去。

「柯騰，我希望可以給這個女孩幸福。」廖英宏的聲音再度充滿元氣。

「不是盡力，是一定要做到。」我握拳，眼淚還是忍不住落下了。

如果我的愛情回憶在化為一份記錄性書寫時，有任何的意義，那便是希望每個讀著這些故事的男孩女孩，都能從中獲得一點點，相愛的勇氣。

高一下。

我最在意的情敵阿和變瘦了，又近乎作弊般轉到社會組，待在距離沈佳儀只有一面牆的平班，每次下課就隨便尋個理由過去和班找沈佳儀聊天。整件事讓我非常地頭大，也很後悔。如果我他媽的當初沒有聽李小華的話唸「男生就應該唸的自然組」，我現在篤定跟沈佳儀同班。

小覷命運大魔王的力量，果然會招來厄運。

不只如此，更驚人的是沈佳儀居然還在長高，這點讓只有一百六十四公分的我

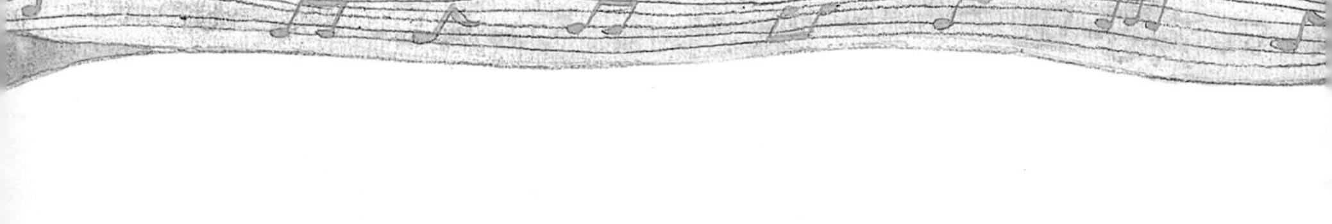

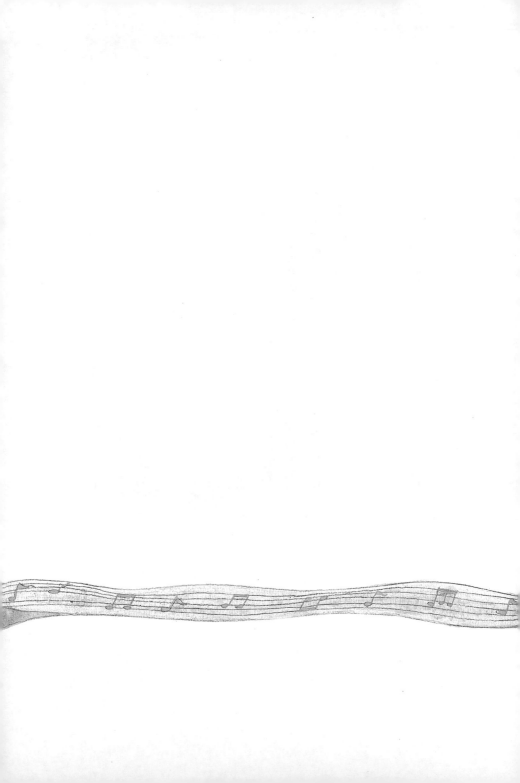

常常處於迷惘的算盤裡。後來，沈佳儀長到一百六十七公分，高了我三公分。

這短短的三公分，後來成為我不斷努力想要跨越的屏障。實在是有夠累。這種差距讓我想起了漫畫《H2好逑雙物語》中，一開始在身高輸給青梅竹馬雨宮雅玲的國見比呂……

開始莫名其妙處於劣勢的我，其實並沒有特別的勝算。我所能做的，不過就是繼續當好沈佳儀「朋友」的角色，並遵守兩個原則：不踰矩、不刻意討好。而我額外做的，莫過於拼命鼓勵周遭朋友前仆後繼去觸犯這兩大原則。

某天放學後，我們一群朋友在許志彰家後院打籃球。

打累了，我跟廖英宏坐在一旁滿身大汗瞎聊天。

「廖英宏，我覺得沈佳儀是個好女孩，坦白說，我覺得你跟她很配。」我灌著運動飲料，背靠著院子牆壁。

「啊？然後呢？」

「快追她啊！」

「……那你自己怎麼不追？」廖英宏擦著汗，用很古怪的表情看著我。

是啊，我跟沈佳儀密切的「課業交流」，一定引起不少的懷疑。

「說得好，要不是沈佳儀突然長高，加上阿和實在是太厲害的競爭對手，我還真的會追沈佳儀。」我笑笑，看著阿和快步上籃，球進。

混帳啊，這傢伙甩掉一身肥肉後，上籃的速度真不錯……我絕對不在沈佳儀面前跟阿和挑籃球，哼哼。

「阿和？阿和真的在喜歡沈佳儀？」廖英宏稍感訝異，聲音壓低。

「怎麼可能看不出來？阿和甚至還轉去社會組！」我歪著頭。

「哇，你知道好多。真羨慕你總是跟沈佳儀有那麼多話聊。」廖英宏說。他一旦認真說起話來，可真是噁心巴拉的。

「有話聊有什麼用？就只是普通朋友。」我拍拍廖英宏的肩膀，誠懇地笑笑：「反正啦，如果你要追沈佳儀的話，我可以幫你提供情報，當你的眼睛。」

我站起，看著李豐名越過眾人防守鑽入禁區，將球離奇地放進籃框。

「五比三，OVER！」上一組人敗下陣來。

我站在罰球線上，阿和氣喘吁吁將球丟給我，我輕輕鬆鬆轉丟給等候在三分線外的廖英宏。

「加油，別輸了。」我抖抖眉毛，低著腰。

「哈，開始！」廖英宏運球衝進，瞥眼看著阿和。

就這樣，只要一有機會，我就卯起來鼓勵身邊的朋友別辜負大好青春，一個接一個給我去追沈佳儀，為我製造替沈佳儀「處理情緒困擾」的機會。

例如每次到了家政課，大家分組煮東西吃，總不忘為沈佳儀多準備一個塑膠碗，一有新菜出爐，就將那道菜塞進碗裡，準備送去給沈佳儀品嚐。

超扯，每個人在獻慇懃的時候都在比快，深怕落後別人一步就表現不出對沈佳儀的關心……或者說，遲了一步，就來不及用自己親手炒的菜餵飽沈佳儀的胃。

「今天平班也是家政課，阿和一定會……」我經過廖英宏等人的旁邊時，幽靈般丟下這麼一句。

有人一下課就捧著菜盤以跑百米的速度衝去和班教室，看著沈佳儀當大家的面，把菜吃光光才肯離去。還有人在課堂間假裝要上廁所，結果抱著一堆菜跑到和班，躡手躡腳蹲在牆壁後面，誠惶誠恐地將菜從窗戶邊角遞進教室，過程非常像警方特勤小組攻堅。

「我才不要跟你們一樣咧。」我在肚子裡暗笑。

雖然，有時我也忍不住，將自己亂搞的親手菜漫不在乎地送到沈佳儀面前……

八點半，夜裡的學校教室，又到了兩小無猜時間。

天花板電風扇的嗡嗡聲中，沈佳儀跟我一起吃著夾心餅乾。

「我真的不懂，我有這麼好嗎？為什麼這個時候應該好好唸書，卻要分心在感情的事上？」沈佳儀皺眉，語氣很無奈。

「喂，人家是喜歡妳，這有什麼不對？喜歡哪有在分什麼時間適不適合的？」我大剌剌地說，某種程度也算是在為自己說話。

「可是張家訓，他幾、乎、每、天、都打電話到我家，也不知道要跟我說什麼，我又不好意思掛他電話，非常困擾！」

「哈，張家訓是有一點點怪怪的啦，不過說真的，難道妳喜歡被討厭嗎？」

「我又沒有做什麼，怎麼會被討厭？」沈佳儀無法認同。

「是啊，妳什麼也沒做，就偏偏會被喜歡咧！」我哼哼。

「……我就只是想安安靜靜地唸書。」

看著沈佳儀煩惱的樣子，真的是一種很古怪的享受。

沈佳儀並不可能找除了我之外的任何人談這些事，因為她會覺得在這個年齡聊「男女之間的感情」非常幼稚，她也難以向其他的女孩啟齒。而幼稚的我對一切狀況都很明瞭，又擺明對沈佳儀沒有興趣，只是個見鬼了的好朋友……

那些煩惱幾乎都是我一手製造出來的，我「義務」成了謝孟學、謝明和、張家訓、廖英宏、許哲魁、杜信賢的「愛情經紀人」，常常不厭其煩為沈佳儀介紹他們的優點，以及剖析他們追求行為背後種種可愛的動機，希望沈佳儀能夠多多少少認同這些人因對她的喜歡而產生的行動。

但我越熱烈推薦，沈佳儀就越無奈，百分之百都成了反效果。

說實話，若撇開我奮力擔綱月老的內在動機，我還真是那些男孩的好朋友：超有義氣，分文未取。然而我真是壞透了，哈。

餅乾快吃完了，我突然有個怪點子。

「沈佳儀，這麼說起來，妳對安安靜靜唸書這一類的事很有把握？」

「什麼意思？」

「沒，我只是想跟妳打賭。」

「打賭？」

「沒錯，我們來比國文、英文，跟數學這三科自然組與社會組的共同科目，用下次月考成績三科加總，來打賭誰的分數高，怎麼樣？」

「幼稚歸幼稚，不過既然是比成績……我接受，反正不會改變什麼。不過我們要賭什麼？」

「哼哼，賭一個星期的牛奶！」

「好啊，不過那是做什麼？」沈佳儀罕見地先答應再問細節，可見她對比成績這檔事是多麼的有把握。

「輸的人，每天都要買一盒鮮奶，在第一節課前親自送去對方的教室。期限一個星期。」我不懷好意地看著沈佳儀。

「可是我不喜歡天天喝純鮮奶，我要有時是果汁牛奶，有時是巧克力口味的。」沈佳儀正經八百地說。

「喂……混蛋，妳以為妳穩贏的啊？」我用鼻孔噴氣。

「我覺得讓你這樣破財，又要每天這樣買牛奶給我喝，我會過意不去。」沈佳儀說到連自己都摀嘴笑了起來。

「有好笑到。沈佳儀，原來妳也會講笑話喔？」

可別忘了，現在是誰在跟妳一起平起平坐解數學題目啊？英文號稱全年級第一的也是我。至於國文……不好意思，未來將成為小說家的在下，國文在當時也是很厲害哩。賭這三科，真正計較起勝算，恐怕是我贏面較大。

實際上，不論輸贏，只要訂上這個賭約，我就算是大獲全勝。

我贏了，我就可以每天在教室裡看著沈佳儀站在窗戶外，跟我揮揮手。

我輸了，我就可以每天站在窗戶外對著教室裡的沈佳儀，向她揮揮手。

那將會是，多麼有朝氣的一個早晨。

「那麼就說定了。」我伸出手。

「說定了。」兩指勾勾。

月考成績發佈，朝會頒獎。

司令台，沈佳儀略帶靦腆地領取全校第一的獎狀，而我還是只能乖乖站在下面，看著心愛的女孩跟我維持一大段衝刺的距離。

然後，我以些微差距輸了一個星期的牛奶。

早自習前，我揹著書包拎著剛買的兩盒果汁牛奶，直接走到和班教室，在窗戶旁朝正在背英文單字的沈佳儀揮揮手。

沈佳儀走出，跟我在走廊邊邊吃早餐。

「謝啦，我就說會很麻煩你。」沈佳儀笑笑接過果汁牛奶，遞給我影印的補習班數學講義，裡頭的摺頁都有標記好了的問題，以及對話小紙片。

「臭屁。下次我們來賭更大的。」我也撕開了我那盒果汁牛奶。

「還要賭？」沈佳儀不客氣喝著牛奶。

「是啊，要不是這次那題證明題我突然忘了怎麼寫，現在我們可是站在忠班前，喝妳送過來的牛奶。」我沒好氣說。

「好啊，那這次要賭什麼？還是國英數三科加起來吧？」沈佳儀笑了出來，嘴唇上印著一條小白鬍，可愛到翻。

「對，我們來賭……」我假裝沉思，其實答案我早就想好。

「快點啦。」沈佳儀的眼神很期待，顯然跟成績有關的事情她都不排斥。

「如果我贏的話，妳就給我綁馬尾。如果我輸的話，我就剃三分頭。」我堅定地說。

「綁馬尾有什麼了不起？不過我還蠻想看你剃三分頭的。好啊，就這樣，你等著把頭髮理光光吧。」沈佳儀的表情樂得很。

「一言為定，妳綁馬尾可要整整綁一個月。」我挑眉【註2】。

就在我跟沈佳儀要勾勾手的時候，阿和揹著書包出現了。

「喔，這麼巧，那一起吃早餐吧。」阿和笑笑將手上的早餐放在陽台上。

「好啊，你看，這是柯景騰輸給我的牛奶耶。」沈佳儀得意洋洋展示著手中的果汁牛奶，與「總是懂很多」的阿和開始聊天。

「……」我瞪著阿和。

你這個情敵實在是有夠盧，別依附在我的戰術底下偷襲啦！

…………………………………………

【註1】本故事原先於HERE雜誌月刊連載，連載時發生許多事情皆照映在追憶過往的本故事中，於是在此刻集結成書時，我決定保留當初在連載時的即時語氣。

【註2】長大後，我變成不折不扣的馬尾控，並創立了國際馬尾控協會。一日馬尾控，終生馬尾控。

15

有人說，愛情可以讓販夫走卒變成詩人。

是真的。

我對沈佳儀的喜歡，讓我的課業成績始終維持在全校三十名內，也讓完全不懂五線譜的我開始寫歌。

一首接一首。

每天早上騎著腳踏車上學、騎腳踏車回家、騎腳踏車補習，只要我迎著風，我就能很自然哼哼唱唱，將一些對「沈佳儀純純愛戀」的想法抖出幾個句子，然後不斷推敲，最後譜成曲。

許博淳非常訝異我的特異功能。

我們兩個都是超恐懼音樂課的白癡，五線譜上的黑痣要用手指頭上下計算才知道它的名字；考吹笛子，我還得把Do Re Mi用麥克筆寫在象牙白的笛子上，小心翼翼兼恬不知恥地按著按著，直到音樂老師面色鐵青轟我下台。

這樣不解樂理的我，竟開始寫歌。

補習完，我跟許博淳照例先到李小華家繞一圈，然後再繞到回家的路上。

途中我哼唱我為沈佳儀寫的第一首歌「我仍會天天想妳」，請許博淳為我評鑑。我打算在畢業後跟沈佳儀告白，在大家面前唱這首歌給沈佳儀聽，讓她感動到不跟我在一起都不好意思。

「你放屁啦，這首歌是你寫的？」許博淳不信，訝異地看著我。

「是啊，我也不知道為什麼會這樣，我填的詞都很爛。」我雙手放開，輕易地使腳踏車維持平衡。

「重點不是詞吧？你怎麼可能會譜曲？你又看不懂五線譜！」許博淳傻眼。

「對啊，所以我都強記下來，一有新的曲調出現我就哼到我忘不掉為止，久了就變成一首歌了。」我有些得意地補充：「不只這首，我還有三、四首同時在寫哩，到時候沈佳儀突然知道我也喜歡她，她一定會很感動我這種默默守候、拼命唸書只為了接近她的努力啦。」

「……柯景騰，你真的是不談戀愛就什麼也做不好，一談戀愛，卻什麼都亂七八糟搞的那型。」許博淳有感而發，搖搖頭。

「百分之百正確。」我哈哈大笑。

是啊，這樣倚賴愛情成長的青春，也沒什麼不好。

充滿活力，還有他媽的亂好一把的成績單。

「當你的情敵還真的蠻可憐的。」許博淳說，想了想，又接著道：「不過如果你做了這麼多，卻還是失敗了的話，嘖嘖，你就是我看過最慘的人了。」

我沉默了半晌，沒有立刻回話。

這是個很嚴肅的問題，直到快到家門口，我才若有所思地開口。

「沈佳儀值得。」

一個網友讀者CYM，在我的bbs個人板上寫道：「等待也是行動的一部份。」

沒錯，就是如此。

等待不想談戀愛、只想專心唸書的沈佳儀的漫長過程，可說是我戀愛作戰最精彩的部份。如果不能樂在其中就太虧了。過度期待，才真的會失去所有該得未得的開心。

對於愛情的態度，我的思想是過度成熟的。

但對於因愛情而生的種種行為，我卻竭盡所能地幼稚。

以前在看愛情電影或純愛日劇時，往往覺得一個深情款款的畫面之所以真能深情款款，靠的不只是浪漫的對白，還有應襯的氣氛。而「氣氛」，就是指現實生活中並不存在的「背景音樂」【註1】。

「所以，我需要大家的力量。」我說，看著圍過來的男生。

就在第二首歌「寂寞咖啡因」完成時，我開始教班上男生唱我寫的第一首歌「我仍會天天想著妳」。男生都很懶惰又笨，花個兩、三年訓練他們唱一首歌，讓他們琅琅上口，對我的告白比較保險。

我騙大家說，我還對李小華抱持著相當的期待，希望有機會時他們可以跟我一起站到彰女校門口，將這首歌大聲唱出來，幫我的告白製造超厲害的背景音樂。這些同班男生幫我的條件很簡單，就是某一天他們要用這種歌跟別的女生告白時，儘管說這是他們自己為「她」而寫的。

但實際上，我的計畫目標當然是沈佳儀。

在無法用「愛情」的姿態面對沈佳儀時，我選擇將我的位置放在沈佳儀的「好朋友」位置上。為了站穩這個位置，為了配合老是有芝麻蒜皮小事可聊的沈佳儀，我得隨時保持跟她很有話題聊的最佳狀態。

但……我哪有這麼厲害！

放學後，物理補習班中間休息時間，我坐在大樓門口的台階上，跟唯一不追沈佳儀的許博淳討論著我的愛情作戰。

「怎麼辦？我常常跟沈佳儀講電話講不到十分鐘就自己掛了，因為我不想讓她覺得無聊，乾脆不講了。」我問許博淳。

「女生都喜歡聊日劇，聊打扮，聊……聊誰在喜歡誰。好像都是這樣吧。」許博淳心不在焉。

他今天有點不爽，因為他的書包揹帶被我跟廖英宏用立可白亂寫上「努力用功好學生」幾個字，看起來超蠢。雖然許博淳立刻報復，在我的書包揹帶上用立可白回敬「南無阿彌陀佛」幾字，但還是難消他心頭之恨……因為我被寫了反而爽朗地哈哈大笑。

「但沈佳儀不聊那些東西！她上次還問我她送我的證嚴法師靜思語，我讀了有什麼感想咧！他媽的我還真對證嚴法師沒什麼意見，但我覺得頭很大，要我假裝很感興趣，那是一點都辦不到。」我擤著鼻涕。

跟沈佳儀面對面聊天，總是有話說的，且非常自然。但男生跟女生講電話，就是一門博大精深的人際藝術了。十六歲半的我，完全參透不能。

有些男人終其一生都無法跟女人講電話超過十分鐘，一點也不奇怪。

「這樣啊……其他人我不知道啦，不過我聽我姊姊在跟朋友講電話的時候，幾乎都言不及義，廢話很多。」許博淳回憶。

「言不及義？聽起來好像很恐怖。」我將鼻涕好好用衛生紙包起來。

「廢話越多就越講不完，反而正經事一下子就聊完了，跟女生講電話，一定要講很多很多廢話。」許博淳言之鑿鑿。

「女生真的很喜歡講廢話跟聽廢話？我怎麼覺得沈佳儀不是這種女生。」我將飽飽的「鼻涕便當」偷偷摸摸放進許博淳敞開的褲袋裡。

「那就乾脆硬聊啊，要不就做功課啊，照道理只要正經事夠多，電話還是可以講很久的吧？」許博淳有些不耐煩了。

渾然不知，他下一次將手插進口袋的時候，就會摸到我送他的、軟軟漲漲的鼻涕便當，一不小心還會黏呼呼大爆炸！

「做功課？」我虛心請教。

「你就拿一張白紙開始列正經事啊，講電話的時候就看著小抄講，講完一件事就勾掉一條……喂，要不要去買飲料喝？」許博淳看著手錶，站起，休息時間快結束了。

「好啊。你說的蠻有道理的。」我也拍拍屁股站起。

我們一起走到巷口的便利商店，各自挑了飲料，走到櫃台，許博淳將手插進口袋裡摸銅板付帳時，臉色揪然一變。

「破了嗎？」我冷靜地看著許博淳。

「幹！」一拳。

後來，我真的拿起筆記本隨時抄寫「可以聊天的項目」，果真對我與沈佳儀在回家後講電話的內容相當有幫助，我們總是越聊越久，也漸漸地培養出互相接話的默契。講電話時我還得拿著筆隨時記下我突然而生的靈感，將整個對話繁衍得更長。

而不知不覺，我跟沈佳儀的打賭期限又到了。

我非常喜歡看女孩子綁馬尾，如果可以讓留著半香菇頭的沈佳儀為了我改變髮型，那將是一件非常賞心悅目的事。

下學期第二次月考成績公佈，沈佳儀全校第幾名、我全校第幾名，通通不是重點。關鍵是國英數三科加起來的成績。

儘管月考才剛剛結束不久，我跟沈佳儀晚上還是留在學校唸書，背背英文單字，用隨身聽收聽「空中英語教室」練習聽力。高中生想用功，可不怕沒有書唸。

那晚下著傾盆大雨。

捱不到八點，我七點就忍不住在學校一樓教室晃蕩，搜尋沈佳儀用功的身影。

「沈佳儀，真不好意思。我這三科加起來大概是自然組最高分吧！」我哈哈大笑，走進沈佳儀隻身一人待著的教室。

「喔？真的嗎？但是你還是輸了啊。」沈佳儀看到我，也很高興。

「輸了？」我不解。

「今天廖英宏來找我，我問他，他就跟我說了你的成績。」沈佳儀露出嘖嘖嘖的欣慰表情，繼續說：「你真的比國中時用功太多了，讓我刮目相看呢，幸好幸好……」

沈佳儀邊說，邊晃著手中的月考分數表，顯然早就在等我來找她。

我坐下，接過分數表一看。三科加起來，我竟堪堪輸掉兩分……將物理與化學上的專注，大量挪移到國英數三科上面的我，竟然還是輸給了沈佳儀。

「沈佳儀，妳是怪物嗎？」我張大嘴巴，絲毫沒有不服氣。

在沒有來不及寫完、沒有填錯答案的情況下，我將成績撐到最好的極限，這樣還輸掉，根本就是太過豪邁！

「哈，跟你打賭，真是一點都不能疏忽呢。」沈佳儀笑得很開心。開心。

是啊，妳開心，我就很開心呢。

「月考完了，妳今天會早一點回家嗎？」我站起，伸了個若有所思的懶腰。

「頂多提早一些吧。」沈佳儀看著窗外的雨。

「等我。」我揮揮手，離開教室。

不理會沈佳儀狐疑的表情，我冒著打在身上都會痛的大雨，騎著腳踏車衝出學校，跨越我不厭其煩一提再提那「坡度有夠陡峭的中華陸橋」，來到市區。

一路上，雨水不斷沿著瀏海與眉梢，倒洩進我的眼睛，使我搜尋便宜家庭理髮店的視線更加辛苦。但我的心情，竟飛揚的不得了。

腳踏車停在一間看起來「就算亂七八糟剪也十分合理」的家庭理髮店。

「老闆，幫我剃個大平頭，有多短剃多短。」我推開大門。

溼透，累透。他媽的帥透。

「啊？」老闆娘揹著嬰兒，手裡還捧著碗大滷麵。

「拜託了，咻咻咻，請剃快一點！」我指著自己的腦袋，精神抖擻。

半個小時後，我直接騎腳踏車衝進學校，停在沈佳儀唸書的教室門口。

正當我想踏進去的時候，我赫然發現沈佳儀的身邊，多了她那正面臨聯考壓力的姊姊沈千玉。兩姊妹多半快要回家了才會待在同一間教室，等著媽媽開車來載。

多了並不熟的沈千玉姊姊，我有點不好意思進去，也有點想要酷，於是就只有站在教室外，輕輕敲了敲窗戶玻璃。

兩姊妹同時轉頭，看向渾身溼透了的我。

我指了指自己接近光頭的腦袋，擠眉弄眼笑笑。

「！」沈佳儀目瞪口呆，一句話都說不出口。

「天啊，那是柯景騰嗎？」沈千玉愣了一下，隨即大笑。

我聳聳肩，欣賞沈佳儀無法置信、乃至終於噗嗤一聲笑了出來的表情。

「達成約定了，像個男子漢吧。」我得意地說，故意沒擦掉臉上的雨水。

酷酷地，我轉身就走，騎著腳踏車回家。

依舊是淋著雨，但心中卻因沈佳儀剛剛的笑容出了太陽。

「他媽的，我好帥喔！」我摸著大平頭，傻笑，慢慢地騎著腳踏車。

那雨夜，在回家的腳踏車上，我為沈佳儀寫了第三首歌「親愛的朋友」。

歌詞裡有一段就這麼寫著：「親愛的朋友，我可愛的好朋友，妳可想起我，在

遙遠的十年以前，我冒著傾盆大雨剪了一個大平頭，我還記得妳的表情、妳的容顏、妳的眼。」【註2】

後來我才知道，沈佳儀那次的月考成績加總起來，讓她首度落到全校三名外。她很重視我們之間的打賭，當我將應該花在理科上的精神切割給賭賽的三科時，沈佳儀也做了同樣的事。她犧牲了歷史與地理，只為了跟我一決勝負。

就在我剃了大平頭後幾天，在學校裡遇到沈佳儀幾次，沈佳儀都不動聲色綁了馬尾，神色自然。

兩人如往常交換參考書、講義，以及共同科目的考卷。

「下次，我們還是賭牛奶吧。兩個禮拜的份量！」我接過講義。

「好啊，又要麻煩你了。」沈佳儀哈哈一笑。

「屁啦。」我哼哼，鼻孔噴氣。

我沒問她既然贏了，為什麼還要綁馬尾。沈佳儀自己也不提。

我只知道我很開心，非常非常的開心。

現在想起來，還是覺得以前的自己真是可愛。

有一點刻意不穿雨衣的做作，有一點為愛奉獻的自以為浪漫，但那又如何？

如果愛情不能使一個人變成平常不會出現的那一個人，那麼愛情的魔力也未免太小了……不是我們日夜祈手禱盼的，那種夠資格稱為愛情的愛情。
直到現在，我依舊是，隨時都準備為愛瘋狂的男子漢啊！

【註1】想像《東京愛情故事》若沒了小田和正的《愛情突然發生》主題曲，那段四角戀愛還剩下了多少感動？

【註2】多年以後許多首我為沈佳儀寫的歌都被我拿去改寫，成了小說《等一個人咖啡》裡的幾首主題曲，放在官方網站上分享。

16

高一快結束時，曾帶我們到埔里打坐的周淑真老師，又有了新把戲。

「柯景騰，沈佳儀，你們替老師找幾個同學，暑假到『信願行』幫忙帶小朋友的佛學夏令營，好不好？」周淑真老師有天在走廊，巧遇沈佳儀跟我。

『信願行』是個位於彰化大竹某個小山上的佛教道場，佔地不小，只是仍在興建中，當時一切都很簡陋，是個由幾個巨大鐵皮屋拼拼湊湊而成的精舍，正在募善款把道場正式蓋起來。

而兒童佛學夏令營，正是信願行道場與鄰近社區的一種道德互動。

「佛學夏令營？哈哈哈哈，我才不要。」我爽快地拒絕。

「好啊，我跟柯景騰會幫老師找人的。」沈佳儀倒是答應得很乾脆。

「喂……幹嘛拖我下水？」我看著身旁的沈佳儀。

「你需要好好打坐一下。」沈佳儀正經八百地回應。

差點忘了，這位我喜歡的女孩，可是證嚴法師的校園代言人啊！

「那老師就拜託你們囉！」周老師欣慰地笑笑，抱著書本離去。

就這樣，善良的沈佳儀決定把屬於十六歲的美麗夏天，獻給木魚與唸經，還有天殺的近百位「高拐」的小朋友。

而我，不，不只我……阿和、謝孟學、杜信賢、許哲魁、廖英宏等一大堆心懷鬼胎的朋友，也因為沈佳儀的因素，全都熱情洋溢地擔任兒童佛學夏令營的領隊（混蛋！有沒有這麼有愛心啊！）。

而許博淳這樣無害的戰友也被我拖去，見證一場亂七八糟的愛情對決。

寫到這裡還真是汗顏。

我也想要談點流行感重的愛情，例如參加拳擊社跟拳王情敵苦苦互毆分出高下，或是參加棒球社與王牌投手情敵來個兩好三壞的關鍵對決。但無可奈何，我終究得嗅著喜歡女生的身影，眼巴巴跟著沈佳儀來到木魚聲不絕於耳的佛學夏令營。超KUSO。

表面上是熱愛小朋友，實際上是為了爭奪愛情，我們一群人來到山上，換上了信願行小老師的制服。每個人大約要帶十個小朋友，女生五小隊，男生五小隊，活動的內容一律跟佛學有關。

而我跟沈佳儀各自帶男女生的第一小隊，是隊員年紀最小的隊伍，小鬼頭平均在國小二年級以下。小鬼頭在每個年齡層會的把戲各有不同，並不是年歲越小就越好唬弄，小鬼一旦硬盧起來、或因想家而嚎啕大哭，往往都讓我超想示範過肩摔的神技。

「柯景騰，不可以欺負小朋友。」沈佳儀瞪著我。

「我哪有，我只是在訓練他們勇敢。」我常常這麼回嘴。

每天凌晨四點半，我們就得盥洗完畢，穿上黑色的海青【註】，帶著小朋友到大殿上唸經，等吃早齋。

所有人手中捧著寫好注音符號的經文本，男生女生昏昏欲睡地分站大殿兩旁，一遍又一遍唸著「佛說阿彌陀經」、「往生咒」等等。有的小朋友根本就站著睡，我時不時得分神注意、惦個步過去狂巴小朋友的頭，以免小朋友做惡夢驚醒，會重心不穩跌倒。

由於都是帶男女第一小隊，唸經的時候我對面站著沈佳儀，兩人隔著三公尺，拿著經文大聲讀頌。我有一半的時間都在思考我這輩子是否真能追到沈佳儀這個大問題，所以我只是嘴巴張開假裝有在讀經，眼睛卻看著高我三公分的沈佳儀發愣。

沈佳儀儘管個性再怎麼成熟，也抵受不住一大清早爬起來唸經的身體疲倦，捧著經文的她，眼皮時而沉重，時而索性闔上休憩，那搖搖欲墜的模樣真是顢頇可愛。

「？」我往旁偷偷觀察。

站在身旁唸誦經文的小隊長阿和，同樣時不時偷看沈佳儀，更過去的謝孟學、許哲魁等人也同樣分神窺看沈佳儀偷睡覺的模樣，個個若有所思。只有我唯一的無害夥伴許博淳，心無旁騖地闔眼睡覺。

「哎，我怎麼會跑來這裡唸經？」我苦笑，肚子好餓好餓。

經唸完後，接著是五體投地膜拜，用鼻子跟額頭親吻蒲團數十次。最後開始「跑香」，用沒吃早餐、血糖很低、隨時都會昏倒的脆弱身體在大殿上繞著跑來跑去。此時別說我們，有些嬌貴的小朋友跑著跑著，竟放聲大哭了出來。

直到案頭上的香燒完了，整個早齋前的「儀式」才宣告結束。

放飯前，大家恍恍惚惚坐在長椅上，聽道場住持用字字珠璣的珍惜語調，緩緩道來一個又一個佛教生活小故事。真正開動的時候，所有人早就餓過了頭，沒了食慾，只剩下兀自空空蕩蕩的肚皮。

「柯景騰，我覺得這種愛情真的是很不健康。而且還拖累一大堆人。」許博淳看著碗裡毫無味道的素菜，嘆氣。

「你以為我想這樣？要是大家說好都不來，就只沈佳儀一個人來，我也不會跑到這種法喜充滿的地方學唸咒。他媽的我又不打怪。」我啃著乾乾的飯，很想哭。

就當作，做功德好了？

佛學營歷時七天，還有得熬。

上課的時候，有嚴肅的講師壓陣（差不多就是傳說中法力高強的僧侶，密技是懲罰小鬼頭獨自在大殿上磕頭唸佛上百次，輕惹不得），我們當領隊的大哥哥大姊姊，只要好好維持小鬼頭秩序即可。

課堂與課堂中間的下課時間，才是領隊與小鬼頭的拉鋸戰鬥。

明白人都知道，一個男生與「小孩子」的相處情形，在一個女孩的心中是極其重要的「個性寫照」，決定女孩給這位男孩高分或低分。然而標準答案只有一個：我很喜歡小孩子。

在這個綱領下，每個喜歡沈佳儀的人都各有自己詮釋「我很喜歡小孩子」的方式。沈佳儀全都看在眼底。

信願行道場位在小山坡上，下課時上百位小朋友可以選擇在上千坪的坡地上奔跑浪費體力，或是待在道場的露天教室大吼大叫。有的是地方。

「我最崇拜阿和哥哥了，我長大以後也要像阿和哥哥一樣懂很多！」下課時，阿和的身邊總是充滿小鬼頭們的讚嘆與歡呼。

阿和總是巧妙地，將這些喝采帶到沈佳儀周遭，讓最受女小鬼頭歡迎的沈佳儀注意到他對小朋友很有一套。而沈佳儀，也總是很配合地對阿和笑笑。

真是棘手。

愛寫詩，文筆好，成績超棒的謝孟學，則更走極端。

「阿學哥哥，對不起，我錯了，我以後不會再惹你生氣了。」一個小朋友愧疚地站在阿學旁，漲紅著臉，侷促地道歉。

謝孟學趴在桌子上痛哭，因為他帶的小朋友不乖的表現令他「傷心失望」。這個痛哭的動作看在別人眼底多半是「纖細」與「情感豐沛」加上「我很在意小朋友」的混合式代名詞。但看在我這個情敵的眼中，則是荒謬絕倫的鬧劇。

而我，他媽的整天叫我帶的小隊隊員，去跟沈佳儀帶的小隊隊員告白，還亂配對，讓沈佳儀的小隊不勝其擾。

「柯騰，謝孟學哭是太誇張，不過站在同樣身為阿和好友的客觀立場，我認為你這次完全輸給了阿和。」許博淳看著被小女生圍繞，祈求大姊姊關注幾句話的沈佳儀。

「如果真是那樣，也沒有辦法啊。」我挖著鼻孔。

戀愛中，可以花盡種種心機，運用策略打敗對手，但做自己是很重要的。

或許，根本是最重要的。

「如果到最後讓沈佳儀深深愛上的自己，並不是真正的我，那我所作的一切又有什麼意義呢？」我說，拍拍許博淳的肩膀。

只見許博淳的臉色突然煞白，整個身體震動了一下，嘴裡發出奇怪的喔喔聲。

別誤會，許博淳不是被我這一番話給感動，而是屁眼神經遭到非人道的重創。

只見一個很愛吵鬧的小鬼頭笑嘻嘻地從許博淳身後跳出，然後哈哈大笑逃走。

「靠！別走！」許博淳按著甫遭突擊的屁眼，身體一拐拐地衝去殺人。

「臭小鬼！被我抓到你就完蛋了！戳死你！」我也跟著追上，一路叫罵。

——敢戳我朋友的屁眼，簡直就跟戳我屁眼沒有兩樣。

一個不到十歲的臭小鬼又能怎麼個逃法？一下子就讓許博淳跟我給逮了回來。

但是這小鬼臉皮厚得要死，笑嘻嘻地嚷嚷，連站都站不好，我跟許博淳一人抓住他一隻手，他像條泥鰍般亂動，就是一個勁地想逃。

沈佳儀站在我們附近，看著一堆小女孩遠遠在山坡上玩跳繩。

「一句話，你覺得呢？」許博淳恨得牙癢癢的。

「幹，戳死他。」我冷眉，那還用廢話。

許博淳擦掉剛剛痛到擠出眼角的眼淚，用力用手指戳臭小鬼的屁眼，但臭小鬼哈哈大笑，用吃奶的力氣夾緊兩片屁股肉，屁股又亂晃，無論許博淳怎麼戳就是命中不了目標。

「哈哈哈，戳不到戳不到！戳不到戳不到！」臭小鬼扮著鬼臉，樂得很。

我看著悲憤不已的許博淳，又看了看欠扁的臭小鬼，心生一計。

「只好這麼做了。」我伸手，快速絕倫在小鬼頭的脊椎骨上「戳點」下去。

臭小鬼身體揪了一下，但也沒當成回事，還在那邊咧開牙齒笑。

「雖然不想，但我剛剛已經點了你的死穴。」我正經八百地嘆了口氣，搖搖頭，說：「許博淳，上一個被我點了死穴的那個小孩，你還記得怎麼死的嗎？」我鬆開手。

許博淳會意，立刻鬆開手，讓臭小鬼完全掙脫我們的控制。

因為不需要了。

「拜託，你根本就沒有殺死他好不好，他只是變成植物人而已。」許博淳看著我，完全不再理會那臭小鬼。

「對吼，那次我只用了百分之五十的內力，所以他沒有完全死，只是剛剛好死了一半。」我傻笑，表情有些靦腆。

臭小鬼怔怔地看著我們倆，竟沒想到要逃。

「喂，隨你的便，從現在開始你愛怎麼搗亂就怎麼搗亂，反正你只剩下三天的時間可以活了。」我看著臭小鬼，兩手一攤。

「去玩吧，晚一點我會帶你去打電話回家，記得多跟爸爸媽媽說幾句話。哎，年紀這麼小就被點了死穴……」許博淳看著臭小鬼，語氣諸多遺憾。

臭小鬼突然憤怒大吼：「騙人！這個世界上根本就沒有死穴！」

我跟許博淳相視一笑，並沒有反駁，也沒有答腔，自顧自說起學校的事情。把臭小鬼完全晾在一邊。

「騙人！什麼死穴！」臭小鬼再度大吼，耳根子都紅了。

「對啊，沒有死穴，只有死人。」我看著自己的手指，喃喃自語：「別說你不相信了，警察也不相信有死穴，所以我根本不會被抓。哈哈！」

臭小鬼愣住。

「你這次用了多少內力？」許博淳好奇。

「百分之八十。會不會死我也不知道，可能只會變成殘廢吧？」我聳肩，無可奈何。

我們兩個人，就這麼絕對不笑場地聊著子虛烏有的死穴。

「沒有死穴！笨蛋才相信有死穴！」臭小鬼吼得，連小小的身體都在發抖。

此時站在一旁的沈佳儀終於看不過去了，走過來，邊走邊想開口說點什麼。

「Do respect my way.」（務必尊重我的方式）我瞪著沈佳儀。

「……」沈佳儀只好閉嘴，假裝沒事地走開，臨走前用眼神責備了我一下。

此時電子鐘聲響起，學佛課程再度開始，所有人進大殿聽道場師父說課。

許博淳跟我刻意坐在臭小鬼的蒲團正後面，一搭一唱地竊竊私語。

「死穴耶，其實我當初也沒想過自己會真的練成死穴。超厲害的啦我！」

「媽的你手指不要一直戳過來。上上上次那個人七孔流血的樣子我現在想起來還會做惡夢，有夠噁。」

「放心啦，別忘了我還會解穴。」

「你不是說一定要在第一天解穴才有用嗎？」

「隨便啦，反正我又不會點在自己身上。」

交頭接耳地，我跟許博淳越說越離譜，而沈佳儀則在女生隊伍那邊十分不解地看著我，模樣既不像責備，又不像鼓勵，倒接近一種對氣味的觀察。

最後我們說起不同位置的死穴有不同種的死法，而我點在臭小鬼身上的死穴，則會讓臭小鬼骨頭一根一根慢慢斷掉，把內臟刺穿，身體歪七扭八而死。

「哇～～～」終於，臭小鬼崩潰了，號啕大哭了起來。

賓果。

我跟許博淳錯愕地向道場講師鞠個躬，迅速將哭慘了的臭小鬼架出大殿，三人走到外頭的露天教室談判。

「我不要死掉！」臭小鬼大哭，可也沒有明確提出解穴的要求。

我看著苦主許博淳，許博淳點點頭，意思是夠了。

「好啊，不要死掉可以，我會解穴。不過從現在開始你要聽話，不然我們就再點你一次死穴。你可以去跟師父說，不過那些師父也不會相信什麼死穴的，哈、哈、哈！」我冷冷地看著臭小鬼。

許博淳抽了一張衛生紙，給臭小鬼擦鼻涕眼淚。

「好。」臭小鬼哭喪著臉。

「會乖嗎？」我翹腳。

「會。」臭小鬼又哭了。

「屁股翹起來，不准閃，也、不、准、夾！」我的語氣很嚴肅。

此時此刻，一點都馬虎不得。如果小時候就以為道歉就可以解決所有事情、卻一點代價都不必付出的話，這臭小鬼長大後一定會繼續捅別人的屁股，直到捅出大簍子。

「？」許博淳倒是猶豫了一下。

「捅。」我豎起大拇指。

臭小鬼握緊兩隻小拳頭，翹起屁股，緊閉眼睛。

「覺悟吧。」許博淳蹲下，雙手手掌合壁成刺，往臭小鬼解除防禦的屁眼「咚」地猛力突刺。

好厲害的手勁貫進臭小鬼的屁眼，臭小鬼慘叫一聲，趴在地上蜷曲裝死。

之後幾天臭小鬼都一直超乖，不敢再亂惹事，甚至還將我的點死穴神技傳開，在小朋友間大大發揮了恐嚇的效果。

信者恆信，不信者也不至於來挑戰我的死穴神指。

在佛學夏令營，我們最喜歡晚上九點後的睡前時間。

那時，白天吵吵鬧鬧的小朋友都被我們趕去睡覺，大家洗過澡後，便拿著不同長短的椅子排在星空下，一個一個橫七豎八躺著。

在沁涼的晚風與蟬鳴下，很自然地，大夥兒閒聊起未來的夢想。

說是閒聊夢想，其實也是一種戰鬥。

除了「男生必須喜歡小孩子」的迷思外，「夢想的屁話」也是勾引女孩子靈魂的重要步數。如果男生突然被問起「夢想是什麼」卻答不出來，在女生心中一定會被嚴重扣分，甚至直接摜到出局。

沒有夢想，跟沒有魅力劃上了等號。

但夢想的大小卻不是重點。輕易地以為夢想越大，就越能擄獲女孩子的心，未免也太小覷女孩的愛情判斷。

「我的夢想，就是當一個懸壺濟世的好醫生。」

「我想唸經濟系，將來從政，選立法委員。」

「我想大學畢業後，出國留學唸ＭＢＡ，工作兩年再回來。」

「唸理工就要去德國留學，我想在德國直接唸到博士。」

「我想考上公費留學，然後當外交官，可以在世界各地旅行。」

大家煞有介事地闡述自己的夢想，越說越到外太空。

但那拼命構劃人生的姿態，坦白說我嘲笑不起。

沒有人有資格嘲笑另一個人的夢想，不管對方說出夢想的目的為何。

更何況，在喜歡的女孩面前裝點樣子出來，本來就很正常——那仍舊是一種心意，就像女孩子在與自己喜歡的男孩子約會之前，總要精心打扮一番的道理是一樣的。「願景」毋寧是男人最容易上手的裝飾品。

沈佳儀看著躺在長板凳上的我，「呦」地出了聲提醒。

她知道我總是喜歡出風頭，總是喜歡當群體中最特別的那個人。也所以，等到大家都輪流說完了，我才清清喉嚨。

「我想當一個很厲害的人。」我說，精簡扼要。

是啊，很厲害的人。

「真的是夠模糊了，有講跟沒講一樣啊。」阿和幽幽吐槽。

「不過，要怎麼定義厲害或不厲害？」許志彰問得倒是有些認真。

我沒有多想，因為答案我早已放在心底了。

所謂的厲害，就是……

「讓這個世界，因為有了我，會有一點點差別。」我沒有看著星星。

我不需要。

我是看著沈佳儀的眼睛，慢慢說出那句話的。

而我的世界，不過就是妳的心。

二○○五年，六月。

台中大魯閣棒球打擊練習場。我們幾個當年胡扯夢想的大男孩，又因為沈佳儀重新聚在一起。而這次，我們用此起彼落的揮棒，豪邁奮力地交談著。

我捲起袖子，喘氣，拿著銀色鋁棒。

又投了一枚代幣。

「去年有次我聽沈佳儀說，雖然她一直很喜歡小孩子，不過也常常覺得小孩子很煩，拿他們沒辦法。所以當初在信願行的時候，其他人都很刻意跟小孩子玩在一起，一直說跟小孩子相處很棒很棒，她卻覺得很有壓力。」廖英宏穿著黑色西裝，站在鐵絲網後，看著我的背影。

「喔？」我屏息，握緊。

「當時她聽到你跟她抱怨了一句，說這些小鬼真是煩死人了，她反而覺得你很真，完全不做作，不會在她面前裝作另一個人。」廖英宏若有所思。

「現在說，會不會太晚啦？」我揮棒。

落空。

【註】類似袈裟的一種修行服飾。不過絕對不會流行起來。

17

我們這幾個好朋友，一直都很喜歡聊沈佳儀。

只要我們一群人廢在一塊，沈佳儀的近況或以前大家的追求回憶，就會重新倒帶，從彼此的記憶中相互確認、補綴。沈佳儀，可是我們共同的青春。

二〇〇四年夏末。

我與阿和、許博淳、廖英宏、賴彥翔等人，計畫一起到花蓮泛舟渡假，不料碰上颱風尾巴帶來的豪雨，火車一到七堵車站，鐵軌就給淹得無法前進。我們只好下車，改變行程，搭公車轉往北投泡湯打麻將，連續窩在飯店三天。

麻將打著打著，我們又不自覺聊到了沈佳儀。

「天啊我們又聊到了佳儀！」廖英宏搖搖頭，自己都覺得好笑。

「說真的，當時你怎麼這麼有自信可以追到沈佳儀？」許博淳看著我，猶疑著該打哪張牌。

「柯騰就是這樣，一點都沒道理的自信。」阿和躺在床上看電視。

「其實那時我整天都在研究我跟沈佳儀合照的照片，想說我們有沒有夫妻臉。超級期待的，如果有的話，那不就無敵了嗎？連命運都站在我這邊。」我笑。

「結論呢？有嗎？」廖英宏丟出一張牌。

「沒有。」我挖鼻孔。

「哈。」阿和冷笑。

「不過，愛情是可以勉強的，不是嗎？」我隨口說道，哼哼然。

語畢，大家哈哈大笑，笑得前俯後仰。

可不是，有一百種方法可以把愛情搞丟，就有一百種方法可以親近愛情。

抄抄我自己在《愛情，兩好三壞》裡的作者自序：

> 很有可能，愛情是人生中最無法受到控制的變項，這正是愛情醉人之處。但什麼是愛情？當有人試著告訴妳這個千古問題的答案時，那不過是他所體驗過的某種滋味，或是故作憂傷的勾引姿態。
>
> 愛情是許多人人生的最縮影。答案有浪漫，有瘋狂；有刻骨銘心，有輕輕觸動；有死生相許，有背叛反覆；有成熟，有期許成熟。
>
> 每個人想尋找的答案都不一樣，因為每個靈魂都無比獨特。
>
> 每個人最後尋到的答案也不一樣，因為戀愛需要運氣。

二十歲以前，我堅貞篤信努力可以得到任何愛情。何其天真。

二十歲以後，我醒悟到大部分的愛情，早在一開始就註定了結果。絕大多數的人，都會在下意識的第一印象中，將異性做「戀愛機會」的評分，從此定調。

但戀愛除了運氣，還有更多的努力填補其中，充滿汗水、淚水的光澤與氣味。

所以愛情的姿態才會如此動人。

沒有人可以替你定義你的愛情。

星座專家去死。

答客問專欄作家去死。

所有拼命想告訴你何時該談戀愛何時不該談戀愛的關心魔人，去死。

勇敢相信自己的嗅覺，談一場屬於青春的愛情吧！

高中的日子過得很飽滿，除了補習，我幾乎每天晚上都留在學校讀書。

週末假日，沈佳儀偶而會到文化中心唸書，換換環境。我知道後，便跟著養成一大清早在文化中心大門口排隊搶佔K書位子的習慣。我們交換考卷，分享共同科目的筆記，進行一次又一次的月考賭賽。

不知不覺，沈佳儀的姊姊考上了大學，到台北唸書去。從此我在晚上留校唸書的時候，更對形單影隻的沈佳儀留了心。

又一個夏天，我們再度去了第二次的信願行兒童佛學夏令營，這次我沒有再擔任小隊輔，跑去當洗碗與菜飯分配的打雜。跟我同年同月同日生的李豐名，也跟我一起負責幫大家洗碗，洗著洗著，他就這麼愛上跟我們一起洗碗的女孩淑惠，成了我們這群好友第一個交女朋友的混蛋。

然後，又一個夏天過去。

我們已經笑嘻嘻賭到了模擬考，來到兢兢業業的高三。

在勤勞唸書的愛情光輝的照蔽下，我的課業成績總保持在全校前三十名。但由於我讀書的天分已經燃燒到極限，我漸漸清楚我永遠無法推進到全校前十名（除非前二十名同時轉學），也意味著我無法如沈佳儀所說的，考上慈濟醫科。無妨，既然不是那塊料，我改以成大的「工業設計」系為主要的努力標的。

經過了一年的整肅情敵計畫，我確認主要的對手只剩下阿和一人。

「說真的，你覺得你真贏得了阿和？」許博淳坐在機台前，打著勇猛拳擊。

「為什麼會輸？」我拼命扣殺按鍵，發出彗星拳。

「據我所知，阿和的姊姊會幫他出主意，比如買生日禮物，或是怎麼跟女生說話等等，聽起來很可靠的樣子。」許博淳也一樣拼命扣殺按鍵。

兩個電玩角色在螢幕上狠命廝殺。

「是啊，比起阿和那很懂女生的姊姊，我的軍師許博淳簡直是個屁。」我皺緊眉頭，看著自己的角色被瞬間毆飛，但心中已有了計較。

沒錯，單兵作戰是很豪爽，但失敗的代價太大，我承受不起。比起豪邁的狂輸，還不如用天羅地網的佈局去求勝。

當晚騎腳踏車回家後，我便鼓起勇氣，寫了封信給沈佳儀的姊姊，貼上郵票寄到沈姊姊唸的大學系所，內容不外乎是坦白自己很喜歡沈佳儀這件事，並希冀得到沈姊姊的資訊奧援。

「情敵有姊姊幫忙有什麼了不起，我他媽的有沈佳儀的姊姊親自加持！」我深呼吸，將信件丟進郵筒。

祈禱我的誠懇發生作用，最低限度沈姊姊不要跑去密告我，說我鬼鬼祟祟請她當軍師。

這樣還不夠。

我打了通電話，找上沈佳儀跟我國中時期共同的好朋友，正在嘉義唸五專的葉恩瑄，死求活求，就是要葉恩瑄發誓當我的眼睛與耳朵，將沈佳儀沒有告訴我的心思洩漏給我。

「可以是可以啦，但……這樣好像在做對不起沈佳儀的事喔。」葉恩瑄苦惱。

「什麼對不起？哪有對不起？總之沈佳儀喜不喜歡我其實不關妳的事，也沒有要妳幫我說話。妳覺得沈佳儀是那種妳拍我馬屁，她就會比較喜歡我的那種女生嗎？」

「那我要做什麼？」葉恩瑄似乎很無奈。

「只是啊，就多給我一些沈佳儀的悄悄話，其他的我自己來就行了！」我哈哈大笑，在電話這頭握緊全是冷汗的掌心。

一個禮拜後，沈姊姊回了信，內容讓我雀躍不已。

「我無法告訴我妹妹她應該喜歡誰，但我欣賞你的坦白。歡迎你常常寫信給我。加油！」沈姊姊這麼表示，讓我握信的手充滿了能量。

就這樣，我多了兩位很接近沈佳儀心思的軍師幫忙，也從這些線報中漸漸了解到，我在沈佳儀心中佔據的角色頗有特別之處，既不是普通好朋友，卻又還未搆到「喜歡」兩字的邊。

但，就是特別。無法被清楚定義的特別。

我想再多一點，一點點。

「讓佳儀知道我對她有一份獨特的喜歡，似乎是可行的？」我喃喃自語，在陽台上，看著被天線切成好幾片的夜空。

喜歡一個人說不上什麼真正的時間表，讓喜歡的人知道自己的心意，也談不上什麼時機是最合適的。

想想，靠著平時不斷將可以聊天的話題記錄在筆記本上，我跟沈佳儀講電話的時間越來越長，已經長到可以聊三、四個小時這麼久。三、四個小時耶！這種等級的聊天默契，應該暗示著我應該可以……比特別還要更特別一點？

這次，就撇開斤斤計較的奸詐部署，靠直覺吧。

我看著筆記本上的歌詞記錄，我為沈佳儀寫的歌，已經快要傾瀉出來了。

高中畢業旅行，去的是墾丁。歷年歷屆都一樣了無新意。

第一天的晚會，學校包下墾丁青年活動中心的大禮堂，每個班級都可以報名上台唱歌表演，要點名的，所以沒有人敢擅自跑出禮堂夜遊，幾百人全塞在一塊，意興闌珊地聽歌。

這樣很好，人越多，就越對了我的脾性。

「柯騰，你要想清楚。」許博淳狐疑，忍不住提醒我。

「喔？」我拍拍臉。用力拍拍臉。

「你這樣做了的話，就跟廖英宏、謝孟學、阿和等人一樣了。」許博淳瞪著我。

「就當我沉不住氣好了。我本來就是那種，喜歡一個人，恨不得全世界都知道的那種大王八蛋。」我振臂，為自己打氣。

我拿出事先影印好了的歌詞，將它發給班上二十幾個早已熟練「我仍會天天想著妳」歌曲的男生，吆喝大家上台。大家懵懵懂懂，等到回過神時，全都圍著麥克風站好，等待我的指示。

類似羅馬競技場的環場禮堂中，主持人等著我開口，全場高三、國三的學生都看著我。我抖弄眉毛，深呼吸，將與生俱來的自信催化到最頂點。

我找到坐在台下的沈佳儀，若有似無地將視線帶過她身邊。

「現在，我要將一首自己寫的歌，送給我很喜歡的女孩。希望多年後某一天，她還是能想起，曾經，有這麼樣的一個男孩，做了這麼一件事，因為非常非常喜歡她。」我拍拍身邊錯愕不已的男同學們，說：「開始吧，我忠心耿耿的僕人們！」

全場一陣莫名其妙的躁動。我們開始合唱，用參差不齊的音律取代空白的背景配樂，效果還算差強人意。

我，從來不知道，
為何像我如此瘋狂的男孩，
會遇上，會遇上如妳天使般精彩的女孩。
而我，也不知道，為何自修的兩旁寫滿妳，
也不知道，是誰讓我在深夜裡狂叫。
我想妳想妳，想妳想妳想妳……

沈佳儀聽到一半，卻開始跟旁邊的女生竊竊私語。

「……」我暗暗心驚。

沒多久，沈佳儀轉身離席，不知道跑哪裡去。那離去的身影讓我咋舌不已。

……這算告白失敗了嗎？因為我的原形畢露，沈佳儀終於將我歸類成「用早熟的情感，妨礙她唸書」的那一群人裡嗎？還是個性有些害羞的沈佳儀，終究沒有臉面對這種浩大火力？

散會後，夜遊前大家都去找沈佳儀拍合照，一群都在喜歡沈佳儀的男孩靠在一起比勝利手勢。由於我剛剛做了沒有道明對象的告白，大家各懷心事地擠在沈佳儀旁邊，對著鏡頭留下歷史性的畫面。

至於我，我只敢盯著鏡頭傻笑，完全不敢招呼沈佳儀的眼睛。閃光燈。

「那首歌，是寫給誰的啊？」阿和笑嘻嘻看著鏡頭，在我耳邊咕噥道。

「就，我喜歡的女生啊。」我微笑，不採取正面作答。

「誰啊？」

「佛曰，說不得。」

「……那麼，各自努力吧？」阿和比起勝利手勢。

「好啊，各自努力啊。」我挖鼻孔。

老天保佑，沈佳儀可別被我嚇壞才好。

18

畢業旅行轟轟烈烈開始，平平淡淡結束。

回到學校，沈佳儀假裝沒有獻歌告白這一檔事，完全沒有回應我，只是如往常般跟我一起讀書、聊天、講電話。我鬆了一口氣，至少自己沒有被討厭。我果然特別……雖然距離超級特別，還有得喘。

但我的心境，已經無法回頭了。

我拉著許博淳到花店，研究起跟我們很不熟的花花草草。

「衝蝦小到花店？難道你要買花送沈佳儀？」許博淳感到不自在。

「是這樣沒錯。」我苦惱地看著花花草草上標明的花語傳情。

每一朵花似乎都有它的意義。紅玫瑰象徵熱烈的愛情，百合象徵純潔的愛情，紫色鬱金香代表渴望的愛情，黃色鬱金香代表永恆的愛情，七里香代表我是你的俘虜，瑪格麗特是期待的愛情。

每一種意義，都跟他媽的愛情扯得上邊。扯翻天了。

如果照這樣送，我就一點也不特別了。

「你不要發瘋了，沈佳儀不會喜歡你這樣送花吧？」許博淳不以為然。

「那是別人。」

「啊？你在說什麼啊？」

「那是別人。我不是別人。」我自言自語，慢慢說道：「別人送花噁心，我送花，還可以。」

我睜大眼睛，拿起了一朵俗稱「小耳朵」【註1】的花。

小耳朵沒有穿鑿附會的囉唆花語。它醜得很可愛。

「靠，好醜。」許博淳有些反胃。

「他媽的還可以。」我若有所思，端詳著小耳朵。

楊過有小龍女，我有沈佳儀。楊過有龍女花，我有小耳朵。而楊過有大鵰，我有許博淳。他媽的這不是命運使然是什麼！

「走吧，鵰兄。」我拍拍許博淳的肩膀，拿了一朵小耳朵付了帳。

此後，沈佳儀位於大竹的家門口，便偶而會出現我經過的痕跡。

一朵放在門下的，醜醜的小耳朵。

第三次模擬考結束，每個高三生都拿到一份大學甄試的簡章。

放學後的黃昏，我拿著簡章跑到和班門口。

「沈佳儀，妳有要參加甄試嗎？」我翻著簡章，杵著下巴。

「不知道耶，我還在研究簡章。你呢？」沈佳儀也拿著簡章。

「我也還在看，不過還沒有想法。成大工業設計的限制蠻多的。」我搔搔頭。

「但是我注意到交大管科，我有點想甄試那裡，因為只有選考國、英、數三科。

但我還不知道那個科系是在做什麼的耶。」沈佳儀指著簡章裡的一頁。

「管理科學啊……」我記在心上。

那還用說嗎？以前我可以為了李小華跑去唸我一點都不愛的自然組，現在，我當然可以為了沈佳儀，去唸他媽的管理科學。

就這麼決定。

我做了點功課。交大管理科學系共有兩個組別，社會組，跟自然組，每個高中都各有兩個名額。也就是說，我們學校共有兩個學生可以參加社會組的管理科學系的甄試。

補習班前的階梯。

「其實你不喜歡唸二類組理工科的話，甄試管理科學這種模稜兩可的系，說不定是你逃掉自然組的最後機會耶。」許博淳說，增長了我的想法。

「他媽的好像真有那麼一點道理。」我將包好鼻涕的衛生紙，偷偷塞進許博淳的褲袋裡。

當時精誠中學要參加大學甄試，是以成績作為校內初選的依據。我的成績還不錯，沈佳儀的成績更是棒透了，要排上甄試管理科學的順位並不難。我可不願意跑去甄試自然組的類別，因為如果以最順利的狀況，我們兩人都進了交大管科，我又要面臨跟沈佳儀不同班的恨境，我不要。

「所以，我要參加社會組的管理科學考試。」我深呼吸，開始催眠自己管理科學系，果然是，行！

回家後我告訴爸媽這個決定，爸媽都覺得很詭異，怎麼莫名其妙跑出一個之前都沒聽過的志願，但看在交大的名號還不錯，也沒怎麼阻止我。而賴導也十分錯愕，但在我沒有商量空間的眼神下，只好在文件上簽名。

有了明確的目標，我開始猛爆性地用功。

到了假日，天一亮我就連滾帶爬起床，到文化中心門口報到，一邊背英文單字一邊等管理員開門，順便多拎一個袋子幫沈佳儀佔位。中午我拿著國文課本，從文化中心旁的小徑一路唸誦到八卦山上，然後挑一棵豪爽的大樹坐下，悠閒寫寫英文考卷，徹底吸收日月精華後再慢慢走下山，回到文化中心算數學。

文化中心的冷氣，讓人真想好好趴在桌上昏迷一下。

「沈佳儀啊沈佳儀，到了大學我一定要追到妳，妳等著看好了！」我打呵欠，看著坐在對面桌子的沈佳儀。

……沈佳儀這用功鬼篤定闖過聯合筆試，我可不能先一步陣亡。

仔細想想，我的物理化學只有中上的成績，這下專攻我最擅長的國英數三科，算是合了我的算盤。是的，人生沒有巧合，我老是拿這三科共同科目去跟沈佳儀賭賽，一定有其意義。

寒假前夕，大學甄試入學的筆試會場，我卻沒有看見沈佳儀。

「搞屁啊？」我抓頭，在考場間來回穿梭。

一連問了好幾個人，楊澤于、廖英宏、阿和等人，全都不曉得沈佳儀是出了什麼狀況。那是個沒有手機的年代，一整個就是讓人不知所措。

「該不會是睡死了吧！」我傻眼。

這不像是四平八穩的沈佳儀會做出來的事啊。

該不會，沈佳儀在路途中出了什麼意外？

在惴惴不安的心情下，筆試一堂堂過去了，我寫得魂不守舍。

我一出會場就打電話給沈佳儀，幸好接電話的正是沈佳儀自己。我忙問她到底是怎麼回事。不問還好，一問之下，我全身都遭到強烈電流襲擊。

原來和班有個女生，初選排名在沈佳儀之後，卻希望沈佳儀把甄試管理科學的名額讓給她，一番溝通後，沈佳儀便真的將名額禮讓出來。

「靠！那妳怎麼沒告訴我！」我慘叫，快要死在公共電話亭。

「唉，就這樣子啊。」沈佳儀也不知道該說什麼，語氣抱歉。

我腦袋一片空白，真的很想殺個什麼蛋。

後來我查了一下，那個取代沈佳儀參加甄試的女生，根本就沒來考試，原因不詳，完全辜負了沈佳儀讓賢的美意。整件事，根本就是命運大魔王在惡搞我！

「要不要去信願行拜拜？」許博淳聳聳肩。

「不要！」我暴走。

寒假過後，成績結果出爐。

我闖過了聯合筆試，取得交大管科的口試資格。

此後的發展簡稱「怨男的悲情復仇」，我帶著無限的恨意，拎著一堆似是而非的履歷，來到男女比例七：一，簡稱男塾的交大參加面試。

面試共分四個關卡，其中一項是筆試小論文，題目好像是「追求成功」之類的狗屁倒灶【註2】。其餘面試的三個關卡分別在三間教室舉行，每個關卡都有二至三個教授把關。躲在試場的教授似乎在玩一種壓力遊戲，許多考生從裡面出來都是淚流滿面的，我瞧這些愛哭鬼全都躺在出局名單中。

「我死都要笑。」我扭動脖子。

而對命運大魔王懷抱巨大恨意的我，則處於奇妙的超跩狀態。連續三關，隨著教授的凌遲，我剩下的耐性越來越少。

「你當過兩屆佛學營的領隊，那麼，請問『佛』是什麼？」瘦教授看著我。

「這種事我說得清楚才怪，正所謂道可道，非常道。」我皺眉。

「柯同學，你為什麼認為本系所應該錄取你？」胖教授意興闌珊。

「If you risk nothing,then you risk anything.」我看著牆上的鐘，這面試好久。

「有點答非所問喔。」另一個教授冷笑，搖晃著我的高中成績單，說：「你的成績很爛，這種程度還敢來甄試我們交大！」

「拜託剛剛好好不好！我全校排名二十六耶！」我瞪著教授，說：「如果我的成績再好一點，我就去考醫科了，還跑到這裡考管科？」毫不畏懼。

就這樣，面試結束。

我錄取了。

【註1】模樣像火鶴、卻沒有火鶴那麼醜的、紅色的花。

【註2】事後這項目我拿了九十七分，根本就是神乎其技的唬爛。

19

就這樣，陰錯陽差之下，我甄試上交大管理科學系，儘管原因與過程都有些不可思議，但我終究很高興不必繼續面對大學聯考。

跟我比較要好的幾個死黨裡，都沒有人提前甄試上大學，所以大家都很羨慕地看著我「單飛」，在高三下學期自由自在遊晃在學校裡，用討人厭的笑臉活著。

沒有啃書的理由，我整天就是聽「空中英語教室」廣播練英文聽力，在桌子底下偷看少年快報。補習班那種鬼地方當然是不必去了，但我還是每晚留在學校陪沈佳儀唸書，隨時準備花一盒餅乾的時間，與她排遣唸書的苦悶。

白天教室裡，我開始做一些很奇怪的事，例如在抽屜裡種花，把考卷撕成細碎的紙片當雪花到處亂灑在同學頭上。此外，我老是在找人陪我到走廊外打羽毛球，流流沒有聯考壓力的汗。

「許博淳，要好好唸書，大學聯考這種東西可是一點也輕忽不得呢。」我拿著兩隻羽球拍，一隻猛敲許博淳的頭，說：「喂，陪我打羽毛球！」

「幹，你去死啦！自己左手跟右手打！」許博淳跟我比中指。

不必聯考了，我滿腦子都在計畫要如何在畢業時給沈佳儀一個小驚喜，還有如何在畢業後與沈佳儀保持聯繫。以及，思考何時才是「認真告白」的良機。

我無聊到，猛練習「三十秒流淚」的技術。

「為什麼要練習三十秒就哭出來的爛技術？你欠揍喔？」許博淳狐疑，看著淚眼汪汪的我。

「不是。你想想，如果我跟沈佳儀各自上了大學，在火車站分開的時候，如果我可以神來一筆掉下幾滴眼淚，是不是很浪漫？她會不會更喜歡我？」我擦掉眼淚，擤鼻涕。

「你有神經病。」許博淳正色道：「不過你是怎麼辦到的？還真有一套。」

「我都幻想我家的Puma突然死掉，我卻不在牠身邊的情況。超難過。」我笑笑。

好期待，好期待聯考結束，告白的季節來臨。

聯考越來越近，學校按慣例停課。

為了沈佳儀而活的、三年努力熱血唸書的高中生涯，就要結束了。

不用聯考的我，每天都拖到中午才去學校接受大家的討厭，找人打羽毛球。某天早上六點半，床頭的電話鈴響，我兩眼惺忪、手腳踉蹌跑去接電話。

「柯景騰，起床！」沈佳儀朝氣十足的聲音。

「啊？三小？」我迷惑。

「起床陪我唸書，起床，起床！」沈佳儀義正詞嚴。

「……去學校嗎？」我嘻嘻，清醒了一大半。

「不是，就是起床。你最近太混了，不用聯考也不是這樣，給我起床！」沈佳儀將話筒拿到音響旁，按下播放鍵。

話筒傳來慷慨激昂的古典樂，我虎軀一震。

「搞屁啊？」我說，但沒人回話。

沈佳儀肯定是把話筒擱在音響前了……這個我行我素的傢伙。

由於不知道沈佳儀什麼時候會再接過話筒，我只好捧著電話，蹲在地上揉著眼睛打呵欠，將古典樂老老實實聽完。

「怎麼樣？醒了吧？」沈佳儀哼哼，接過話筒。

「還真謝、謝、妳、喔！」我咕噥，心底卻很高興。

「以後我每天早上都會打電話叫你起床，你啊，作好心理準備！認真想想大家在準備聯考的時候，你可以怎麼充實自己。」沈佳儀很認真的語氣。

「人生如果睡得不飽，怎麼充實都很虛耶。」

「你不要狡辯，明明就是太晚睡。你要有理想一點！」

太晚睡還不是在等妳唸完書，講完晚安電話再闔眼？我暗道。

「那我每天都要聽不同的音樂起床，不可以重複。一被我聽出是重複的，我就掛電話睡回籠覺喔！」我可是很挑剔的。

對一件事情的重視，就是花在上頭的時間。

多給沈佳儀一些習題，讓她在叫我起床時多些忙碌，也就是幫助她養成重視我的習慣，久而久之，沈佳儀跟我之間就會有更多羈絆。那樣很好。

「這有什麼問題。你發誓，你不能去睡回籠覺。」沈佳儀似乎很有精神。

「遵命。」我打呵欠。

「遵命什麼，發誓！」

「發誓。」

我掛上電話，覺得真是超幸福的。

深深喜歡的女孩子，每天早上都要打電話叫我起床耶！

「老天啊，這是戀愛的信號吧？是吧？是吧！是吧！」我祈禱。

此後每天早上六點半，沈佳儀只要一起床，就會打電話把我從床上硬挖起來，她會將話筒放在音響旁，用一首又一首古典樂或英文老歌震動我，直到我完全清醒為止。

如此幸福的氣氛下，我再無法克制表達喜歡沈佳儀的舉動。戀愛果然是很人性的東西，不可能全都充滿步步為營的計謀，那樣太壓抑，太不健康了。

有好幾個晚上，我都在跟我很不熟的廚房裡跟奇怪的食物搏鬥，然後煮了些絕對不成敬意的東西，放在便當盒裡，騎腳踏車送去給沈佳儀當宵夜。偶而，再附上一朵獨屬我跟她之間的小耳朵。

超娘的，但一條硬漢願意很娘的時候，我猜想應該還挺感人的吧？

「沈佳儀有吃才怪，一定都馬倒掉。」許博淳對我的舉動嗤之以鼻。

「倒掉也沒關係，重點是我有做，她有收。」我傻笑。

停課兩個禮拜後，畢業典禮姍姍駕到。

畢業典禮那天，沈佳儀送了我一大束花，害我高興到想在典禮奏樂時假哭都辦不到，直到我發現每個死黨都非常公平地收到沈佳儀送的花，我才整個想飆淚。混帳啊，我真希望自己可以得到沈佳儀特別一點的對待。

大家忙著在制服上簽字，拍照，這頭告白，那頭分手，互相在畢業紀念冊上落款等等。沈佳儀更收到了許多男孩的畢業禮物。

沈佳儀在我的畢業紀念冊寫下：

> for 有為青年：
>
> 六：三〇起床是好習慣，不過，要自己起床才偉大！
>
> 希望在「精選」音樂的薰陶下，變得更有氣質！！
>
> 佳儀，6.19

我也特地將制服左上角的、最有意義的位置，留給沈佳儀簽名。

「你的禮物，挪，別說老朋友沒記住你。」沈佳儀將證嚴法師最新出版的靜思語筆記書送給我。混帳，我一點也沒有意思要蒐集全套！

然後換我。

「送妳的，畢業快樂。我自己畫的，要穿喔！」我將一件自己用特殊顏料畫的衣服遞給沈佳儀。

「喔？這麼好。」沈佳儀笑笑收下，當場打開衣服。

衣服上的圖案，是一個黑白分明的眼睛，眼睛裡嵌著一顆紅色的蘋果。

「什麼意思啊？」沈佳儀不解，歪著頭。

「查查英文字典啊笨蛋。」我抖弄眉毛，神秘兮兮。

典禮結束，回家後，我如預期接到沈佳儀打來的電話。

電話那頭，是我從未聽過的、期待已久的感動聲音。

很簡單，卻很受用。

「謝謝你。我現在，根本說不出話來。」哽咽。

「我在，交大管科系等妳。」握拳。

You are the apple of my eye.【註】

妳是我，最珍貴的人。

十二天後，沈佳儀穿著我的祝福，上了聯考戰場。

「就當是，借一下你的運氣囉！」沈佳儀有些靦腆。

「沒問題，我們並肩作戰。」我很開心。

分數出來那晚，我卻聽見天使痛哭的聲音。

沈佳儀表現失常，成績確定無法上交大管科，大約落在中央經濟與台北師院附近。

我們在電話裡聊了七個小時，彼此都捨不得放下電話。我身體裡某個閥口逐漸失控，許多「一直以來，我都很喜歡妳」、「妳以為我這麼認真唸書是為什麼？」、「妳是我高中生活最重要的記憶」，一鼓作氣全都爆發出來。

最後，我握緊話筒的手滲出溫熱的汗水。

「我想娶妳。我一定會娶到妳，百分之百一定會娶到妳。」我克制語氣中的激動，說出與我年紀不符的咒語。

沈佳儀深呼吸，深深深呼吸。

「現在你想聽答案嗎？我可以立刻告訴你。」沈佳儀的語氣很平靜。或者，我已經失去能力，去分辨她語氣裡隱藏的意義。

突然，我感到很害怕。我極度恐懼，自己不被允許繼續喜歡這個女孩。

那種事情發生的話，可以想見我的生命將如虛踏河面的葉，縱使漂浮在潺潺流水上，卻仍將漸漸枯萎。

「不要，我根本沒有問妳，所以妳也不需要拒絕我。我會繼續努力的，這輩子我都會繼續努力下去的。」我的激動轉為一種毫無道理的固執、與驕傲。

「你真的不想聽答案？」沈佳儀嘆氣。

「我不想。拜託別現在告訴我，拜託。」我沉住氣：「妳就耐心等待，我追到妳的那一天吧。請讓我，繼續喜歡妳。」

就這樣，我從未乞討過沈佳儀的答案。

直到地震的那一夜。

【註】我的小說《愛情，兩好三壞》中的箴言。

九

20

升大學前的夏天，我上了成功嶺，受偷雞摸狗的軍事訓練一個月。

在成功嶺我收到了我兩個線民葉恩瑄與沈姊姊的來信，告訴我沈佳儀聽到我的告白後，似乎是蠻開心的。這消息大大鼓舞了我。

在汗臭味四溢的軍隊裡，我理所當然寫了上萬字的信給沈佳儀，每一封信的最後都強調同一件事：上了大學，在選擇其他男孩之前，多看我幾眼。我很好，錯過了就不會再遇到的那種好。希望她知道。

站在大通鋪門口當衛兵，百般寂寥的我，又為沈佳儀寫下了一首歌。

「果然，到了大學才是決勝負的開始。」我苦笑，反覆記誦著旋律。

晃著三分平頭下成功嶺，帶著一大疊沈佳儀的回信，我來到於新竹的交大。沈佳儀則進了國立台北師範學院，準備以後當國小老師。

台北與新竹的距離不算遠，但怎麼說都是個障礙。

說說我情敵們座落的位置吧。

很喜歡沈佳儀的詩人謝孟學考上北醫牙醫系，距離沈佳儀最近，如果常約會的話難保不會將我擊沉。愛搞笑的廖英宏、大而化之的楊澤于、低調行事的杜信賢，則不約而同考上台中的逢甲大學。勁敵阿和也考到台中的學校，駐守東海大學企管系。

不是情敵的部份，跟我同一天生的李豐民也唸了逢甲，賴彥翔讀了輔大，許博淳則因為太常打手槍考不好，跟曹國勝一起到重考班窩了一年。

進入了大學，彷彿進入了另一個世界。

在那名為大學的新世界裡，沒有人逼著我唸書，也不存在太明確的唸書目的（當個對社會有用的人？這種目的不需要靠唸書就可以達成吧！），我就這麼開始了鬆散悠閒的大學步調。

我跟室友加入了「對方辯友來、對方辯友去」的辯論社，想訓練自己的思考速度跟精緻度，卻只在新生盃裡拿下第三名。後來因為特殊原因，我養成了常常在辯論社社窩睡覺的怪習慣。

大一我還沒有機車代步，幾乎在圖書館裡度過我沒有課的寂寥時光。我在圖書館裡不斷借閱電影錄影帶，在小小的格子桌上呆呆看完包羅萬象的電影，尤其是日本人拍的一堆主題混亂的爛片，我都恍恍惚惚看個乾淨。

比起彰化文化中心小不拉機的藏書，交大圖書館架上的書目類型，也讓我大吃一驚，越是胡說八道的東西我越愛看，什麼青海無上師的佈道內容、中國刑罰大觀、倪匡的勞改日誌、外星人強姦母牛，我全部照單硬食。

大一一整年我顯然累積了豐沛的、可供小說創作的雜學基礎。

而我跟沈佳儀，也開始在宿舍通電話。

「真的有想我嗎？」

「想，超想的。」

「那你什麼時候回彰化？我們一起去看周淑真老師。」

「就這個禮拜？」

「到時候你來火車站載我囉？」

「那有什麼問題。」

是的，就是這麼曖昧。即使沒有辦法更進一步，我也樂在其中。

有人說戀愛最美的時期，就是曖昧不清的階段。

彼此探詢對方的呼吸，小心翼翼辨別對方釋出的心意，戒慎恐懼給予回應。每一個小動作似乎都有意義，也開始被賦予意義。

走在一起時，男生開始留心女孩是不是走在安全的內側，女生則無法忽略男生僵硬的擺手，是不是正在醞釀牽起自己的勇氣。

女生迷上戀愛心理測驗，男生開始懂得吃飯時先幫女生拆免洗筷的塑膠套。

一切一切，不只是因為自己想「表現得好」，更是因為自己的心裡出現一個位置，獨屬於地球上另一個人——那一個人。這種機率大約是，五十七億分之一。

但我的王牌線人，顯然有另外的想法。

「曖昧很棒，但你最好別讓這種情況拖太久。」葉恩瑄在電話裡建議我。

「為什麼?我覺得現在挺不錯的啊。我覺得沈佳儀絕對是喜歡我的，只是成份多少的問題。」我在宿舍用室友的電腦寫程式C語言，一邊講電話。

「你怎麼可能保證沈佳儀在大學裡不會遇到更好的人?總是有會送宵夜的學長，談吐很好的資優生同學，跟你一樣才華洋溢的社團朋友啊!如果沈佳儀被其中一個追走了怎麼辦，到時候你可不要跟我哭。」

混帳，我都盡量不去想這種事了，妳還提醒我!

「也許會有比我更好的人，比我更適合她的人，但……我不會輸的。」我彆扭地說，看著螢幕上充滿bug的程式碼。

「怎麼說?」

「我很特別。」我想。

應該是吧……不然我也不知道從哪裡找出更好的回答。

「柯景騰，我真是會被你氣死！」葉恩瑄罵道。

「哈哈，反正我想等沈佳儀多喜歡我一點，我再正式問她要不要跟我在一起吧。現在問，萬一被拒絕了，我會很想死。」我移動滑鼠，忍不住嘆氣：「妳如果真想幫忙，就想辦法製造個漂亮的機會給我吧！」

我真是，太膽小了。我的自信在絕不能輸的愛情面前，根本一無是處。

這份不適合黏在我身上的膽小，也有大半來自我另一個首席線民沈姊姊，某封信裡的一句話：「如果你跟佳儀一樣高的話，我想你已經追到我妹妹了吧。」

差了三公分，我可得比別人努力個三倍，才能填補其中的差距吧。

慢慢填，不急不急……我心想。

至此，我得提提我這輩子目前為止，恐怕是最開心的時刻。儘管在許多人眼中，這件事根本就是一顆鼻屎。

在交大這種網路文化空前盛大的學校，我幾乎是第一天就學會了使用網路。我很快就在bbs成立一個美三甲班級板，希望我們這群死黨可以透過網路繼續連絡。

當然，我也幫沈佳儀註冊了一個帳號，密碼暫時設定成她的生日。

「等到妳上站後，妳可要自己改密碼啊！」我提醒。

「我最近很忙啊，對bbs也不熟，很可能要過好久才會上去喔。」沈佳儀。

沈佳儀果然沒有立刻學上網，而且拖了好幾天帳號都沒有動靜，我時不時便用她的生日密碼登錄，確認她到底要拖到什麼時候。

直到有一天深夜，我發覺舊密碼登錄失敗……這意味著沈佳儀已經開始上網，並且更改了密碼。我愣了一下，突然間，我很想知道沈佳儀選了哪些數字當新密碼。

她家的電話號碼？不對。

她家的電話加她的生日？失敗。

她的宿舍號碼？錯誤。

連續三次錯誤，系統退出登錄畫面。我重新再來一遍。

「會不會……」我深呼吸，手指顫抖。

緩緩地，鍵入我的生日。0825。

使用者進入畫面。

我傻眼，不再呼吸，時間一震。

某種我還弄不清楚的情緒扯著我的後腦，快速將我整個人拉離椅子，握緊我的拳頭，撕開我的喉嚨。然後一巴掌重重摔在我的背脊上。

我大吼。

大吼著我來不及給予意義的狂暴。

已經睡著的三個室友以為外星人跑來寢室放火，不約而同大驚起身，卻見我瘋狂拉開門衝出寢室，野獸般大吼，毫無節制地嘯過長長的走廊，走廊幹聲四起。

我一路吼衝到公共浴室，終於弄清楚我該吼什麼東西了。

「她用我的生日！她用我的生日！」我抓亂自己的頭髮，運拳狂毆牆壁。

碰碰碰碰碰碰碰！碰碰碰碰碰碰碰！雙拳紅腫，聲響卻跟不上我興奮的心跳。

我喜歡的女孩，竟然用我的生日當作帳號密碼。

應該感動到哭的吧？我卻無法停止地狂吼，大笑。

我跳到洗手台上，看著鏡子開始長達好幾分鐘的超快速演講，無視其他人的狐疑眼神。

我會永遠記住，這個時候的自己。

我，無敵了。

狂喜過後的週末，我才剛剛回到彰化，就接到阿和的電話。

「我有話跟你說，有沒有時間？」阿和的語氣迫不及待。

「好啊，約在哪？」我抱著狗狗Puma。

「文化中心附近的茶棧吧？半小時後見！」

我不曉得史上最強情敵的阿和要跟我說什麼，反正我已經無敵了。

半小時後我到了茶棧，看見阿和的臉上堆滿怪異的笑意。隨便點了飲料，省下「你大學生活過得怎樣」這樣的空虛言談，我直接破題。

「怎麼了？感情的事？」我有些心虛，摸不清楚阿和約我的目的，真是討厭。

「對。」阿和興奮地說：「我喜歡上了一個女孩，超可愛的，快要追到了！」

我歪著頭，快要追到？

「東海的？」我小心翼翼猜。總不會是沈佳儀吧？

「東海的啊，同一個系，一起做勞動服務課的同學。她叫小小。我跟你說……」

阿和一整個就是面紅耳赤的興奮，開始滔滔不絕的戀愛經。

我慢慢聽著，臉上不自覺綻放出燦爛的笑容。

這傢伙喜歡上別的女孩，而且快追到了。真好。真是太好了。

「你如果真的追到小小，百分之百，除了你，我肯定是這個世界上最高興的人。加油！你一定要加油！」我突然大笑，用力拍著阿和的肩膀。

「我不懂？」阿和雖然欣然接受，但一臉笨蛋。

「不懂？因為我在喜歡沈佳儀啊！」我理所當然地說：「不要再裝了，別跟我說你不知道啊！」

「我不知道啊！你在喜歡沈佳儀？」阿和大驚。

「少假了啦，許博淳沒告訴過你？」我哼哼，翹起二郎腿。

「沒啊！他應該告訴我嗎？」

「沒？」

「沒有啊！天啊你真的在喜歡沈佳儀！難怪我總覺得你不對勁！」阿和大叫。

「……」我傻眼。

原本我用的計謀，就是利用許博淳跟阿和是好朋友的關係，將我的「祕密」偷渡到阿和的耳朵裡，誘拐阿和狂追沈佳儀……但現在，阿和竟然告訴我，許博淳那傢伙根本沒告訴過他我的祕密！

許博淳，你這個愛打手槍的傢伙實在太令我感動了！絕對沒有人比你更適合，死守「國王的驢耳朵」這樣的爛祕密啊！謝晉元團長！四行倉庫就交給我的好兄弟許博淳吧！

大笑完，我鬆了最後一口氣。

「是啊，一直以來，我都超級喜歡沈佳儀的。」我爽然若失，開始跟阿和說起以前的計謀，以前沈佳儀與我之間發生的種種回憶。

阿和愣愣地聽著，臉色一陣青一陣白，直嚷著我實在太奸詐了。

最後我們開始釋懷大笑，互相挖苦對方，我拼命祈禱他追小小成功，而阿和也勉為其難將他追沈佳儀所用的運氣轉嫁給我。

「我退出，接下來，就看你的了。」阿和伸出手。

「那有什麼問題！」我擊掌。

一個禮拜後。

我跟沈佳儀搭上了清晨出發的火車，一起前往擁有最美麗日出的嘉義。

21

最近我同時寫兩個故事與兩個電影劇本大綱，等待國防部徵召我去當兵的那張紙。每個月輪到「那些年，我們一起追的女孩」與手指鍵盤共舞時，就是我最期待的時刻。

每一段愛情都是人生，而我靠著不斷不斷回憶的勤勞功夫，將這些遙遠的記憶重新整理，敲打成文字，彷彿在青澀的過往裡又活過了一次。

上星期整理舊家，媽從神祕的黑洞裡拖出兩只箱子，交給了我。

箱子一大一小。大箱子裡裝的是那些年沈佳儀與李小華寫給我的信，以及一些諸如證嚴法師靜思語這樣的小禮物。

信件一疊疊，發出不讓人討厭的老氣味，真慶幸我曾經活在那個「電子信件連影子都還沒看到」的年代。用筆一個字、一句話在信紙上構築的世界，配上小貓小狗的點綴插畫，沒有千篇一律的生冷新細明體，沒有俯拾即是的表情符號，拙劣信紙所擁有的意義更飽滿，一切都像是小心翼翼端出來的精品。

但我還來不及細細回味，就被小箱子裡許多亂七八糟分類的照片給吸引住。

照片裡的大家穿著打扮都很白癡，靠在沈佳儀旁裝模作樣的表情教我忍俊不已。我很懶惰，這些老照片我看是永遠都無法掃描成數位備檔了，但真該找些時間，一股腦將這些照片攤在桌子上讓大家瞧瞧當年的蠢樣，看看能不能再燒點青春，劈哩趴啦回鍋一下。

正在星巴克敲打筆記型電腦，寫下這段文字，消磨與出版社晚餐約之間的空檔。悄悄入了初冬，咖啡店裡每個人都套上薄薄的外套，窗戶外面的情人們也開始將手放進同一個口袋，共用一雙手套。

就跟那個時候一樣。

秋天走了，寒意還未結成一片冬。

某天在交大的夜裡，我的好線人葉恩瑄捎來一個機會。

「我們嘉義農專下個禮拜校慶，我班上有個攤位賣東西吃，你跟佳儀都來吧，我同學會開車，園遊會結束後我叫他們載我們出去玩！」葉恩瑄在電話那頭。

「一群人喔，這樣算是約會嗎？」我猶疑。

「喂，難道你敢一個人約沈佳儀出來？」葉恩軒大聲說道。

「是不敢。那我們要開車去哪裡玩？」我搔搔頭。是真的很難想像我跟沈佳儀兩個人一起出去玩的情形，我怕尷尬，尷尬會毀了我。

「來嘉義，當然是去阿里山看日出啊！」葉恩軒自信滿滿地說：「我都計畫好了，我們晚上不要睡覺來熬夜，去看二輪電影，看完以後就直接開車上阿里山，坐小火車到山頂。」

聽起來還真不錯。

「那，如果我告白的話，會有多少機會？」我忍不住問。

「沈佳儀不是已經知道你喜歡她了嗎？」葉恩瑄語氣訝異：「如果現在沈佳儀還不知道你喜歡她，那才真的不可思議咧！」

「喔……那我修正一下告白的定義，如果那天我問沈佳儀要不要當我女朋友的話，勝率有沒有破九成？」我坐在地上，翻看手上的行事曆。

「吼！這種事不要問我啦，會不會成功只有你自己最清楚啊！」葉恩瑄沒好氣道。

「好吧，那我自己看著辦。對了，妳……妳該不會兩頭報信吧？」

「什麼意思？」

「妳該不會跟沈佳儀說，我可能會趁機會跟她告白吧？」我小心翼翼打探。

「誰跟你一樣小人啊！」葉恩瑄哼哼，掛上電話。

「……」

對我來說，告白如果只關心成不成功就太遜了，因為「如果一旦成功，就不會再有下一次的告白了」。告白當然要成功，所以僅有一次機會。因為僅有一次機會，當然就得想辦法讓告白漂漂亮亮，永生難忘。

認真說起我最喜歡的告白方式，莫過於人海戰術下的種種變化，簡單說就是譁眾取寵。但嘉義不是我的地盤，找不到夥伴製造人海，也翻不到熟悉的地理資源可以利用。阿里山不是八卦山，跟我一點都不熟。

「那麼就見機行事吧？」我苦惱。

一週後，我跟沈佳儀一大清早就約在彰化火車站門口，買了早餐，搭上前往嘉義的自強號。

仔細想想，這還是我跟沈佳儀除了晚上在學校唸書之外，第一次兩人獨處，弄得我異常緊張，沒有辦法像平常一樣跟沈佳儀暢所欲言，只好亂打哈哈。而沈佳儀顯然也有些不知所措，盡撿些不知所謂的事情跟我說。

「妳看起來很想睡覺耶。」

「你自己還不是一樣。」

「想吃我手中的肉包，就得苦苦哀求我。」

「才不要，我已經吃飽了。」

諸如此類的對話，讓我忍不住開始深思今天的嘉義之旅會有多悲慘。如果嘉義之行徹底毀掉，說不定我會反省自己究竟「適不適合」跟沈佳儀談戀愛，還是只是適合當個朋友這類很孬種、卻很實際的相處問題。

忘了我們兩個笨蛋是誰先睡著的，到了嘉義下了火車，兩個人都是一副大夢初醒的蠢樣。

等在車站的葉恩瑄一看到我們這個樣子，都忍不住搖搖頭，心裡大概很鄙視我平白浪費在火車上小約會談心的機會吧。

到了嘉義農專的校慶園遊會，我跟沈佳儀還是沒能進入平日自在的相處氣氛，兩個人慢慢繞著每個攤位，有一搭沒一搭研究起各家小吃。

隨著話題遲遲無法突破瓶頸，我越來越緊張，腦子裡的不良物質逐漸淤積沉澱，終於錯亂了我平日的思考。

要爆了。

「沈佳儀，妳對我喜歡妳這件事有什麼看法？」我打開嘴巴，讓這句笨話自動衝出來。

「……」沈佳儀停下腳步，有些吃驚地看著我。

「任何感覺？」我笑笑，無法分辨臉上的表情長什麼樣。

「我的天，你到底想說什麼？」沈佳儀露出古怪的表情。

「不是我想說什麼，而是想聽妳說點什麼。」我故作輕鬆。

沈佳儀臉上掛著意義不明的笑容，開始深思不說話，似乎無法一時半刻回答我的問題。

站在冰淇淋攤販前，我買了兩隻甜筒，一隻遞給沈佳儀。我心中暗暗發誓，下次兩個人逛街買甜筒的時候，一定只買一隻。

「我怕你喜歡的那個我，不是真正的我。」沈佳儀幽幽說道，吃著甜筒。

「什麼意思？」我失笑。這是從漫畫裡抄出來的爛台詞麼？

「柯景騰，你真的喜歡我嗎？」沈佳儀坐在花圃旁，我也坐下。

「喜歡啊，很喜歡啊。」我故意說得大大方方毫無窒礙，免得話一慢，胸口的氣就餒了。渾然不知，我手中的甜筒融化得都快滴下。

「我總覺得你把我想得太好了，我根本沒有你形容的那麼好，也沒有你想像的那麼好。你喜歡我，讓我覺得很不好意思。」沈佳儀有些靦腆。

真是……在說些什麼啊？

「啊？」我歪著頭。

「我也有你不知道的一面啊，我在家裡也會很邋遢，有時也會有起床氣，有時也會因為一點小事就跟妹妹吵架。我就是很……很普通啊！」沈佳儀越說越認真，我則越聽越不知所云。

「亂七八糟的，是看太多證嚴法師靜思語的副作用麼？」我皺眉。

沈佳儀噗嗤笑了出來。

「真的，你仔細想想，你喜歡我嗎？」沈佳儀吃著甜筒。

「喜歡啊。」我大聲說道。

「你很幼稚耶，根本沒有仔細想，來，仔細想。想想再說。」沈佳儀用眼神敲了我的頭。

我只好象徵性沉默了一會，但我的腦子裡根本沒有花精神在轉這個不須思考的問題。我本能地想著：沈佳儀為什麼要問我這個問題？

花圃旁，沈佳儀專注地吃著甜筒，我則越想越恐怖，開始後悔為什麼要在很尷尬的時候迸出這個更令人尷尬的話題，導致自己無法收尾。

此時，葉恩瑄氣喘吁吁跑了過來，看見我們坐在花圃旁吃甜筒，沒好氣地雙手叉腰，搖搖頭。

「好啦好啦，我們園遊會小小的其實很無聊，你載沈佳儀出去走走啦，記得在晚飯時間前回來就好！」葉恩軒眨眨眼，遞上一串車鑰匙。

救星，妳真是太有義氣了。

我當然接過鑰匙，幾分鐘後我就載著沈佳儀一路往嘉義農專的山下滑衝。

「別騎太快。」沈佳儀在我耳邊說，雙手抓著車後桿。

「怕的話，就抱住我啊。」我開玩笑。一個期待發生的玩笑。

視線是一種很奇異的東西。

一個男孩與一個女孩剛開始認識彼此，就選擇喝下午茶、或好整以暇吃頓晚飯，常常會大眼瞪小眼，反而是不擅言語的男女錯誤的約會策略。想想，彼此的眼睛必須擺在對方臉上的話，若沒有足夠的交談內容支撐彼此的視線，就很容易陷入尷尬的境地，「相對無言＝慘絕人寰」。

所以陌生的男女要約會，選擇看電影是很理智的做法，因為看電影的正常視線，可是要放在遙遠的大螢幕上，不用看對方，也不用多說一個字（完全沉默也是種格調），一切都很自然，不需承受額外的壓力。

而男生載女生騎車，在視線的投注上也有減緩壓力的奇效。在彎彎曲曲的山徑上，迎著讓人不得不清醒的涼風，我倆有說有笑，剛剛的莫名尷尬不知不覺隨著初冬的涼風凍結在後頭。

然後是一陣讓人溫暖的沉默。

山風吹拂魚鱗般的金色陽光，引擎聲砰砰擊打無語的節奏。

我只是靜靜地騎著車，感覺沈佳儀此時此刻只與我在一起的奇妙滋味。希望沈佳儀也有「此時此刻」的印記感，收進名為「柯景騰」的抽屜裡。

「喂。」

「？」

「我喜歡妳。」

「我知道啊。」

「真的。」

「好啦。」

「超級喜歡的。」

「可以了！你不要那麼幼稚！」

山風裡，我牢牢看著後照鏡裡，沈佳儀羞赧的神情，看得快出了神。

真希望我們之間的一切，最後能有個無悔的結果。

醉翁之意不在酒的園遊會結束，在嘉義市區嗑了道地的火雞肉飯，又熬過了兩部不知所云的二輪電影，我們一行人終於踏上朝拜日出的旅途。

車子繞過拐來拐去拐到吐翻天的山路，加上一路猛打呵欠，我們好不容易來到阿里山的火車站，擠上傳說中很有古懷情調的小火車。

接近破曉的藍色溫度，將整座山凍得連樹葉都在發抖。小火車在黑夜裡哆嗦不已，挨著冰冷的鐵軌，搖搖晃晃地像條胖大蟲。

雙頰紅通通的沈佳儀坐在我對面，冷得直發顫，不斷朝手掌呼熱氣。好可愛。

善於製造機會的葉恩瑄對我眨眨眼，丟了一對毛茸茸手套給我們。

「一隻給佳儀，一隻給你。你們吼，真的很欠常識喔。」葉恩瑄哼哼。

於是對半。

我的右手戴上手套，沈佳儀的左手戴上手套，兩個人默契地不表示什麼，生怕一旦用玩笑解除共用手套的尷尬的同時，隱藏的幸福羞澀也會一併消失。

我乖乖閉嘴，也不去逗沈佳儀說話。

火車停。

我們跟隨滿火車的遊人魚貫下車，走到觀賞日出的大廣場。

那天雲海很厚，厚到足以藏匿一百台外星人飛碟。天空由黑轉為渾沌的墨藍。

我們一夜未眠的困頓在冰冷的風中全掃而空，取而代之的，是期待看見太陽從雲海中破昇而起的興奮。

沈佳儀笑嘻嘻地看著我，跟我打賭等一下有沒有足夠的幸運看見日出，我不置可否，還沉溺在兩人共用一對手套的小小幸福裡。

十幾台相機與三腳架立在廣場中央，不約而同對準雲海，四周都是嘻嘻哈哈的情侶喧鬧，行著粉紅色的光合作用。

「挪，慢慢等吧，看樣子還要一陣。」我遞過從小攤販買來的熱豆漿。

「謝謝。」沈佳儀捧著熱豆漿，珍惜似地吹氣。

我心中暗暗發誓。

如果等一下太陽破昇而出，萬丈金黃穿過雲海的瞬間，我就得把握時間牽起沈佳儀的手，進行第二階段的「告白」——問沈佳儀要不要當我的女朋友。

勝或負。全部或歸零。一百分的天堂人生或負一百分的地獄生活。

一個深呼吸中決定，就是這麼一回事。

「那個，山上的空氣很稀薄。」我看看正吃著肉包子的葉恩瑄。

「嘿呀。」葉恩瑄。

「氧氣很少，算是稀有資源了。」我凝視著葉恩瑄的眼睛。

「什麼稀有資源，你要說什麼啦？」葉恩瑄皺眉。

「我剛剛發現，這裡的氧氣只夠兩個人呼吸。兩個人剛剛好。」我壓低聲音。

「……」

葉恩瑄吐吐舌頭，捧著吃到一半的肉包子光速逃開，遠遠地看著我奸笑。我感激地朝她比了個含蓄的發凍中指。

就這樣，沈佳儀與我站在廣場中央，分享獨屬兩人的稀薄氧氣。

天空的顏色變得詭異難辨，似乎已到了破曉前夕的曖昧時分。但深墨沓滯的天色越來越淡，卻不見石破天驚的日出。

「今天好像看不到日出了呢。」路人甲哀怨。

「怎麼可能，阿里山的雲海日出最有名了啊！」路人乙嘆氣，放下相機。

沒有日出？今天沒有日出？

沒有日出要怎麼表白心跡？我的心臟跟著遲遲不到的太陽埋在厚厚的雲海底，

沈佳儀的臉色也露出好可惜的信號，轉過頭看著我，嘆了一口氣，不說話。

我好不容易積聚的勇氣，在那一瞬間完全潰散。

罷了……罷了……我嘆氣。

幾個小時後，我跟沈佳儀撐著無精打采的身體搭著北上的火車，離開了命運大魔王擊敗我的嘉義。

沈佳儀要回台北，我則要回新竹交大，兩個人的座位居然差了很多節車廂，連聊天都不能，我只能獨自看著窗外打呵欠，在玻璃上的霧氣寫字。

孤孤單單的火車上，我恨恨不已，發誓下次不再倚靠隨時會背叛我的自然現象決定告白的時機。

我要自己來。我要在跟我很要好的八卦山上騎著摩托車，跟坐在後座的沈佳儀大聲告白……我要用吼的，用吼的問沈佳儀要不要當我的女朋友，吼到連命運大魔王都會被我的氣勢震到魂飛魄散。

我不能再因為一個意義不明的嘆息，就提前將自己三振出局。

越想越氣，我簡直想把太陽活活掐死。

「喂，今天雖然沒看到日出，但還是蠻高興的啦。」

我抬起頭，沈佳儀站在我面前，揉著睡眼惺忪的兔寶寶眼睛。

沈佳儀靦腆笑著，看著正在寫紙條給她的我。

「不要寫了，陪我說話。」

「……好吧，我有什麼辦法？」

「喂！」

從嘉義回新竹後，我的腦中一直揮之不去沈佳儀在火車上找我說話的模樣。她不過是離開自己的座位，走過幾節車廂找我說話，如此而已。但對一個很喜歡她的男孩子來說，其中代表的一絲絲心意都值得探討。

過年時許博淳從重考班放假回彰化，我們一起吃火鍋，我迫不急待跟他報告我最新的進度，其中當然包括重要的嘉義往返之行。

「柯景騰，沈佳儀在嘉義農專說的可能沒錯。」許博淳燙著豬肉片。

「三小？」

「你喜歡的，或許根本不是沈佳儀。」許博淳裝出一副高深莫測。

「他媽的你發什麼病？我追沈佳儀有多用力，恐怕是你看最多吧！」我嗤之以鼻，燙著薄豬肉片。

「一直以來我都覺得你喜歡的，不是你眼中的沈佳儀，也不是沈佳儀自認真正的自己。」許博淳嘿嘿嘿。

「那是什麼？難道你要說，我喜歡的其實只是他媽的『喜歡沈佳儀的感覺』？」

我瞪著他。

「難道沒有可能？你喜歡沈佳儀的時候，一直都很有精神啊。承認吧。承認也沒什麼啊，也沒有比較不好。」許博淳哈哈笑道。

「我喜歡沈佳儀，也喜歡我自己，所以當然也喜歡喜歡著沈佳儀時候的我自己。」我撈起豬肉片大口嚼著，說道：「喜歡對的人的時候，我身上可是會發光的耶，誰不喜歡因為喜歡的人發光的感覺？」

是啊，喜歡對的人，身上會發光。

連續發著八年的光呢。

22

這個世界上，到底有沒有所謂的「告白的最好時機」這種東西？

喜歡一個人，在什麼時候告訴那個人，真的很重要嗎？

我們看了太多好萊塢電影，看過太多日劇，看過太多言情小說與少女漫畫等等，這些東西再再教育我們，告白一定要浪漫，一定要精心設計，一定要讓對方眼睛為之一亮（最好還能夠在盪氣迴腸中帶點淡淡的淚光），不然就辜負了「愛情」兩字之所以發生在妳我之間、而不是其他人的獨特意義！

受過長期精良的訓練，我們知道告白的時機可以有很多可能。

例如在課堂上朗誦國文課文時突然若無其事地說出「沈佳儀我好喜歡妳，請妳當我的女朋友吧」這樣的怪句子，或是在掃地時間一起倒垃圾時不經意將喜歡脫口而出，或是在朝會時操場上唱國歌時用力吼出我喜歡妳，或是併桌一起吃便當時一邊嚼著滷蛋，一邊大聲嚷嚷我喜歡妳……一百個人有一百種愛情，意味著至少有一百種喜歡人的方式，既然如此，告白的時機也就真的千奇百怪。

但，弔詭的問題來了……如果女孩也喜歡男孩，那麼男孩在什麼時機告白，真有那麼重要嗎？

即使告白的方式五花八門，看起來很有怦怦響動的生命力，但如果告白的方式，竟然可以決定女孩「會不會喜歡男孩」或「會不會答應與男孩交往」，那麼「喜歡的定義」就幾乎與愛情脫鉤，變成一種只講浪漫花招，而不深入真正本質的東西。

所以在我心目中愛情的樣貌裡，如果女孩夠喜歡男孩，即使男孩是一邊打呵欠一邊告白，女孩九成還是會答應與男孩交往，剩下失敗一成機率，就是男孩有毀滅性的口臭這件事在打呵欠告白的瞬間，殲殺了女孩對男孩的喜歡。算是意外。

既然告白的方式僅僅是表象，告白的結果不會因此而改變，那麼「苦苦思考告白時機」或「如何在驚喜中讓對方知道自己的愛意」這些事，難道都只是愚蠢的把戲麼？

不，反而格外珍貴了。

那是一種心意。

每個人都想要讓心愛的對象在見識到自己的喜歡時，能夠擁有最好的心情，好在記憶相本裡留存最深刻的一頁。所以我們挑場合，選時間，製造氣氛，為了他，為了她，為了彼此。

多麼誠懇的心意。

回到故事。

錯過了我心中理想的告白時機，整個大一，就在繼續與沈佳儀維持好友關係的模稜兩可中度過。

在那個根本沒有手機的年代，我在宿舍公共電話前長長的隊伍裡，拿著電話卡度過好多快樂的夜晚。

抽屜裡沈佳儀的信件越來越厚。

為了縮短我跟沈佳儀之間致命的三公分，我時不時就往隔壁清大的游泳池跑。

為沈佳儀哼哼寫寫的歌，已經可以出一張精選輯了。

在這段期間，我與這群同樣喜歡沈佳儀的死黨們，在泳池裡度過一個充滿氯氣味道的夏天，曬足熱騰騰的陽光。此時大家一個個都知道了我對沈佳儀的喜歡，都很駭異我的心機與佈局，更被我以強大友情為後盾的愛情實力給震懾住，紛紛打退堂鼓。

「所以，就只剩下我孤軍奮戰囉！」我笑笑，在泳池旁吃著熱狗。

「柯景騰，我恨你！」廖英宏咬牙，跳水。

水花四濺中，許博淳重考上了淡江資工。

而我，辦了九刀盃自由格鬥賽。

九刀盃，自然是起名自我的綽號九把刀了。

是的，當了小說家後，每次遇到採訪都會碰上一模一樣的問題：「為什麼你的筆名叫九把刀」，對我的騷擾已到了黯然銷魂的地步。

在此回答個痛快。

九把刀是我大學的綽號。為什麼九把刀是綽號，肇因於我寫了一首很無厘頭的歌，歌詞極簡：「九把刀，把它磨一磨，它就會……亮晶晶！亮晶晶！」別問我在寫三小，總之這首人人都會唱的白爛歌不小心傳到老師的耳朵裡，老師問誰是九把刀，大家下意識都聯想到我，在那一瞬間我的綽號就這麼拍板定案。之後揀選筆名時我根本沒有細想，九把刀便九把刀。

為什麼要辦什麼鬼格鬥賽？

我很熱血，喜歡看格鬥漫畫，《刃牙》、《第一神拳》、《鬥雞》、《功夫旋風兒》、《鐵拳小子》、《柔道部物語》都是我的最愛；我國小國中時也很愛找人打架，到了大學甚至還買了副拳擊手套在寢室，對著牆壁就是一陣自high式、裝模作樣的毆打。

但我很疑惑，交通大學明明就是個近乎男校的鬼地方，為什麼我所看到的同學都是一副好學生的金絲眼鏡仔模樣，沒有殺氣騰騰的男兒精神呢？難道漫畫《魁！男塾》都是騙人的嗎？

經過我再三深思後，我決定辦一場打架比賽，來幫助積弱不振的交大壯陽一下。

「打架比賽？拜託，九把刀，根本沒有人會理你的好不好。」室友孝綸舉著啞鈴，不屑道。孝綸是個肌肉訓練狂。

「怎麼可能，打架比賽耶！超屌的，免費提供給想要打架、卻找不到人揍的優秀青年街頭格鬥的機會，靠！怎麼可能會沒搞頭？就算是收報名費也很合理！」我大呼，拿出全開壁報紙攤在床上，準備畫海報。

「打架比賽聽起來很low耶，改成自由格鬥賽會不會好一點？學校就算知道了也比較好搪塞過去。」室友建漢善於行銷，立刻提供像樣的建議。

「就這麼辦。」我從善如流。

「還有呀，一定要採取現場報名。我猜一定會有人只是報好玩的，可是現場沒有到的話，對決名單就要重新安排了，很麻煩。」建漢提醒我。

果然有道理，我只有猛點頭的份。

「建漢你跟九把刀發什麼神經，根本不會有人鳥這種爛比賽的好不好！」孝綸依舊是嗤之以鼻，枉費他平常老是想找我幹友誼架。

「獎品是什麼才是關鍵。只要有好的獎品就會吸引人來參加。」室友王義智隨口說，一邊遙控滑鼠從網路芳鄰裡抓愛情動作片。

靠，我窮死了，哪來的獎品！

「最強。」我唸唸有詞。

「？」王義智不解。

「『最強』這兩個字，就是男子漢最好的獎品。」我滿意地握緊麥克筆。

於是好大喜功的我，將這場打架比賽取作『九刀盃自由格鬥賽』，並將幾張海報貼在宿舍公佈欄與寢室門口，時間就訂在期中考剛剛好結束的當晚，地點是大剌剌的管理科學系系館地下室！

毫不意外，這場怪異的打架比賽很快就引起了廣大的噓聲。同學們一致認為是愛搞怪的我又在唬爛了，在學術殿堂、科學園區的重鎮交通大學裡，根本不可能有這種比賽出現。

然而大家越是不採信，我的心意就越是認真，非常逞強地想把比賽給搞定。

另一方面，身為主辦人兼格鬥賽選手，打架的內容可不能太漏氣。我開始在寢室練拳，猛舉啞鈴，並幻想可能遇上什麼樣的對手，然後……狠、狠、揍、死、他！

「九把刀，你一定是瘋子。」建漢愣愣地看著揮汗如雨的我。

「要珍惜跟瘋子同寢的緣份啊！建漢，我當你報名囉哈哈！」我大笑。

期末考結束在會計學考試後的夜晚，許多同學聞風而來，擠在地下室準備看熱鬧。而我則跟很講義氣的室友們，在磨石子地上慢條斯理鋪好巧拼地板，增加安全性，好讓寢技或摔技有發揮的空間。

由於頭腦很好的交大學生真的很怕打架，所以現場報名打架的僅僅有三個人，我簡直傻眼，跟我預期的暴走族大會串未免落差太大。

此時，感人肺腑的事情發生了。

「幹，你們真的很孬種耶，只會說九把刀不敢真的辦比賽，結果辦了又沒有人敢打，媽的，加我一個！」一向愛潑我冷水的孝綸捲起袖子，昂首闊步走過來報名。

「看來我也不能只是耍耍嘴皮子。九把刀，我一個。」建漢拍拍我的肩膀，脫掉上衣，露出長滿長毛的史前胸肌。

「大家都這麼捧場，但他媽的我還真的不敢打！不過我可以當裁判啦，計時的工作就交給我了，九把刀你就專心揍人吧。」義智也抖擻起精神。

室友都這麼有義氣，我能說什麼？

混帳啊！這就是男人的浪漫啊！

「那麼，身為主辦人，打開場賽啟動大家『真打』的覺悟，可是我的責任啊！」

我爽朗地走到現場報名的三個參賽者前，帥氣地選了一個我絕對不可能打贏的對手。

劉建偉，一個來自馬來西亞的僑生，跆拳道社的紅帶（沒錢參加升等黑帶的考試，但相信我，他黑帶到不行啊！），比我高半個頭。最恐怖的是，建偉在馬來西亞曾經學過泰拳，寢室裡還用鏈子拴吊著一個沙袋練踢（請問你是來台灣唸書還是殺人的？）。我粗陋的拳套跟建偉的沙袋比起來，不是寒酸可以形容，根本就是個屁！

「建偉，我跟你打開場。」我說，建偉欣然下場。

全場嘩然，紛紛鼓譟起來。

你問我為什麼選建偉？很好。因為我是硬漢，就這麼簡單。

這篇愛情小說連載至此，竟出現如此突兀的武打場面，相信也是各位讀者始料未及的。但就我的個性來說，這場格鬥賽之所以發生，完全是種無法迴避的必然。

這是我人生中重要的一夜。

「九把刀，你會被打死！」義智把我拉到一旁，好心提醒我：「建偉喜歡的女孩子正在旁邊看，挪，就是她。在這種情況下你根本就會被打著玩。」

我順著義智的眼神，立刻找到了建偉中意的女孩。唔，女孩是現任跆拳道社社長的女友，建偉萬一輸給了沒學過格鬥技的我，這輩子就別想追她了！

「哼，讓你見識一下，什麼叫做超越格鬥技的草根流氓打架！」我不理會義智，大大方方走到建偉前，等待身為主持人的義智吹哨。

兩人脫了鞋，站在勉強湊合的巧拼地板上。

義智走到我們中央，大聲朗誦我寫好的規則條文：「比賽採取三回合制，每一回合一分鐘，遇到流血情況則暫停，勝負由全場觀眾鼓掌的大小聲認定產生。兩位選手請注意，比賽可以戳眼、踢鳥、刺喉、甩耳光，但名譽後果自行承擔……靠！還可以踢鳥？出人命我可不管。比賽開始！」

義智吹哨。

我擺起拳擊姿勢，而建偉則在眾人的鼓掌聲中笑笑以對，一派輕鬆。

「建偉，認真打啊！」我說，慢慢靠近建偉。

「好啊。」建偉笑笑，聳聳肩。

猛地，我快速衝近建偉。左拳虛構了一劃，右拳悍然朝建偉的鼻子擊出。

沒有第二種結果。建偉愣愣地倒下，鼻血噴出！

全場爆起一陣驚呼。

義智宣佈暫停，從口袋裡拿出幾張皺皺的衛生紙交給建偉，讓他把稀哩嘩啦的鼻血好好擦乾淨。

「建偉，這場比賽可是打真的。」我有些抱歉地看著憤怒不已的建偉，補充道：「你再不認真，就會被我幹掉。」

建偉嘴巴猛罵三國語言胡亂拼貼的粗話，草率地拭去鼻血，便怒髮衝冠地朝我衝來。義智趕緊宣佈比賽繼續。看來建偉喜歡的女孩在一旁觀戰的效應，實在很嚇人。

「唔。」我瞳孔縮小，本能後退。

很可怕的腳！

我剛剛先聲奪人，給建偉好好上了一堂課後，一下子就被建偉的快腳給掃得無法前進，心驚不已。

依照我打架無數次的經驗，對手用腳踢攻擊我的下場都很慘，因為一般人沒事根本不會練踢腿，所以腳踢的速度都很慢，百分之百都會被我整個抓住，然後摔倒毒打一頓。

但練過泰拳、跆拳道又超強的建偉，腳力雄健，速度飛快，硬要抓的話我的手腕虎口可能會裂開！

更可恨的是，建偉的腳像鞭子，抽得我防守身體的雙手都快沒有感覺。這可是我此生遭遇到，僅此一次的真正「踢擊」！

建偉的憤怒與認真，讓全場目瞪口呆，而我則開始不甘心起來。

「王八蛋，再這樣被踢下去，我的手就要報廢了。」我心怒。

我不想再閃躲，直截了當迎向建偉，揮拳！揮拳！揮拳！

我要他知道每一次踢中我，都得付出代價，我可沒打算躲來躲去，拖到比賽結束！

於是建偉每踢我一腳，我就想辦法將我的拳頭砸在他的身上，一腳一拳，算是有借有還。我的拳頭絕不留力，專朝建偉的臉猛K，靠著狠勁與氣勢，勉強與建偉打平。

第一回合過去，我已滿身大汗。

才短短一分鐘，但每一秒都是劇烈的無氧運動，真的非常耗竭氣力，而磨石子地上的巧拼地板因為雙方腳力挪動，扯得成四分五裂，散成了一塊塊。

休息時間我坐在地上，看著建偉冷冷地瞪著我，背脊真是一陣發寒。

「九把刀，你站著打是打不贏建偉的。」建漢蹲在我旁邊，同情地看著我。

「我知道，但要把他撲倒，我的肋骨還得冒著被他的腿抽斷的危險啊。」我苦笑，劇烈喘氣。

如果可以把精於立技格鬥的建偉逼到地上，兩個人像流氓一樣互毆的話，這場打架就是五五波了。知道簡單，做到很難。

因為會痛！

辛苦的第二回合開始。我開始顯露疲態，出現揮空拳的殘念。習慣激烈練習的建偉卻依然故我，將我的身體當作沙包，狠狠地踢、踢、踢、踢、踢！

我沒有機會拽住建偉的腳，或是將他撲抱在地上扭打，依舊是一場單純的立技比賽。我根本沒有機會使出我打架時最慣用的勒脖子手段，反而在接近建偉時被踹中了肚子，痛得快吐。

然後是步履維艱的第三回合。

完蛋了，我極度缺氧，連劇烈喘氣的時間都騰不出來。我拳照出，但拳頭裡已經沒有了擊倒對手的精神，只是單單給予建偉威嚇性的痛苦。

唯一的好事是，時間畢竟是公平的，建偉也累了。他的腳開始不夠力氣，踢得也沒那麼快。但我現在即使可以捉住他的腳、摔翻他在地上像小孩子胡鬧亂打，被揍暈的九成九還是我。別忘了，建偉的手可不是殘廢，而他剛剛幾乎都沒動到手啊！

就在讀秒階段，我必須承認我心中暗暗高興「比賽終於要結束，我也可以正常大口呼吸」時，不可思議的事情發生了。

建偉他，竟然在讀秒的階段，將右腳高高揚起……

我在格鬥漫畫裡認識一個夢幻的格鬥技：單腳高高抬起，腳跟高過對手的眼睛，然後快速下墜，用足踵或腳掌攻擊對手的頭頂或顏面，這招在空手道裡的術語叫「踵落」，在跆拳道則稱作「下壓」。這招式力道很可怕，但我每次看到漫畫裡有人使出這招，我就很想笑，因為「踵落」要將腳高高揚起，所需花費的時間已足夠對方閃躲，要命中?根本就是天方夜譚。

但就當建偉的腳掌由下而上、慢慢抬高過我的眼前時，我的反應竟然不是快速往後、往左、往右閃躲……而是自然而然地抬起頭，愣愣地看著腳掌高舉過我。

完全是生物本能，我就是呆呆地揚起脖子。

「踵落」！

一股濃到崩解意識的嗆意，就這麼沿著踵落的軌跡，壓過鼻樑、墜至嘴唇直達下巴。來不及痛，我只覺得好嗆好酸，眼前一陣霹靂的黑。

建偉此腿得手，開心得想再補踢一腳時，我舉起沒有力氣的拳頭，惡狠狠地瞪著建偉，裝作氣勢爆發的假象。建偉猶豫了一下，然後後退了一步。

時間到，義智宣佈比賽結束，大家瘋狂鼓掌，結果當然由大佔優勢的建偉獲得這場格鬥的勝利。

我痛苦退場時，鼻子裡嘴巴裡都是鹹鹹的鮮血，嘴唇從裡面被牙齒撞傷，難以癒合的傷口後來足足讓我喝了好幾個禮拜的廣東粥。

建偉接受大家的歡呼，我則心滿意足地含著染血的衛生紙，在角落休息。

夠了，真的好滿足。

到了大學還可以在不會被記過的情況下痛快地對毆——而且還是跟這麼厲害的角色互拼，真是夠痛快！即使輸了還是不減我的硬漢本色啊！

第二場與第三場的打架比賽，便在義智的幫助下順利結束。

我那兩位室友都拿下了勝利，建漢甚至用柔道打贏了國術社大三學長的彈腿，果然義氣還是王道。然而大家都覺得我與建偉的對決最好看，畢竟那是唯一一場拳拳到肉，雙方都有「飆血」的比賽。

我真是，驕傲透頂了！

比賽結束後，我興高采烈邀建偉與室友一同到清大夜市吃宵夜，算是慶功。

我嘴巴裡頭都快痛死了，勉強與大家吃著冰豆花。而建偉不住地跟我道歉，並告訴我還好沒有在第三回合試圖抓住他的腳，不然他打算在被我抓住腳踝的瞬間飛身旋轉，騰空，用另一隻腳轟掃我的臉。

「我每天都在寢室對著沙袋練習大迴旋踢，一直希望有一天能夠派上用場。」建偉一臉心嚮往之，十分可惜似的。

「靠！我們是同學耶！你竟然要用迴旋踢這種大絕招掃我的臉！」我忿忿大呼，隨即與大家一起哈哈大笑。

回到宿舍後，我買了一包冰塊冷敷我腫脹的嘴，心中只有越來越高興的份。對我來說，比賽結束只是個開始，真正開心的時間還在後頭。

幸運，在bbs網路上看見沈佳儀的帳號。

「嘻嘻，有空嗎？」我敲鍵盤。

「嗯啊，報告快趕完了。你怎麼還不睡？」她慢慢敲道。

「怎麼睡得著？我打電話給妳，跟妳說一件很厲害的事。」

「好呀。」

懷抱著炫耀男子氣魄的心情，我打了一通電話給沈佳儀。

儘管嘴巴很痛，但我興高采烈地將發生的一切告訴沈佳儀，鉅細靡遺，不想錯漏任何一個環節，每個互毆的招式都盡可能形容清楚。

沈佳儀幾乎是以一種靜默的態度在聽著，我想她沒有到現場親眼目睹一切，或許很難感受我在場上的表現有多勇敢，於是我不斷不斷地強調。

「真的！超恐怖的！我第二回合被正面踹中一腳，踢在我的肚子上，超痛！我痛得快要吐了，還好我假裝要出拳建偉才後退，不然我一定被踢到跪下。」我手舞足蹈。

沈佳儀還是沉默。

「其實每回合只有一分鐘，可是比我想像中的還要累一百倍，想當初我還想訂九回合咧，哈哈，如果那樣訂的話，我現在大概連話筒都拿不好了……」

沈佳儀還是沉默。

「妳知道什麼是立技嗎？就是站著打的格鬥技，有人說現在最強的立技就是泰拳，我今天多多少少領教了，靠，果然夠恐怖，我一靠近建偉打他，他的腳不夠距離踢我，就用膝蓋撞過來！我超怕我的肋骨就這樣斷掉……」

沈佳儀還是沉默。

「雖然建偉的腳很恐怖，像鞭子一樣，但說起捱打，誰比較強還真難講吧？我的拳頭可是很硬的，只要他的臉再中我一拳，百分之百就趴在地上啦！」

沈佳儀還是沉默，真是要命。

「妳知道踵落嗎？幻之絕技踵落耶！我打架打這麼久，這還是我第一次看見這麼高級的動作，靠，建偉的腳高高抬起來的時候我就知道一定是踵落了，但我還是很笨地把頭抬起來，就這樣……唰！碰碰碰碰，我的鼻子、人中、嘴巴、下巴，全都掛彩！」我越說越興奮。

沈佳儀不再沉默。

「柯景騰，你到底在想什麼？」她開口，聲音充滿了我不曾感受的情緒。

「……什麼意思？」

「你辦這什麼奇怪的比賽？這種比賽有什麼意義嗎？」沈佳儀很生氣。

「很有意義啊，自由格鬥賽耶！妳不覺得超炫的嗎？兩個男人之間……」我張口結舌，事情好像不太妙。

「不就是打架？柯景騰，你專程辦一個比賽把自己搞受傷，這樣的比賽我看不出來有什麼炫，你怎麼會這麼幼稚？」沈佳儀越說越生氣，聲音聽起來就像個老師。

「幼稚？」我難以接受。

「就是幼稚！很幼稚！你告訴我，這種奇怪的比賽除了把你自己跟別人弄受傷以外，到底還讓你學到了什麼？」沈佳儀質疑。

「哪需要學？不見得做什麼事就一定要學到什麼吧？」我的心被扯著，撕著。

「至少你學到辦這樣的比賽會受傷，而這種傷是一點也不必要的！幼稚，你真的很幼稚！你身上的傷我只能說是活該！」沈佳儀完全無法接受。

而我的情緒被堆得越來越高，越墊越厚，心頭有一種難以言喻的悲愴，洶湧地翻滾著。

我不想哽住，不想忍受。

「幼稚？妳知不知道這次的自由格鬥賽對我來說是很棒的經驗？妳可不可以單純替我高興就好了？」我的怒氣爆發。

電話那頭，沈佳儀似乎愣住。

「不管是自由格鬥還是打架，為什麼跆拳道比賽就很正當，柔道比賽就很正當，而我辦的沒有規定格鬥技巧的比賽就很幼稚！明明就更厲害！能夠在這種比賽下還故意挑一個最厲害的對手打，需要很大的勇氣不是嗎？」我整個人都在爆炸。

「……你以後還要辦這樣的比賽嗎？」沈佳儀冷冷道。

「為什麼不辦？一定辦第二次！」我氣到全身發抖。

「幼稚。」沈佳儀還是生氣。

「為什麼妳要否定對我很重要的東西？這是我個性很重要的一部份，妳是世界上最了解我的人，難道不知道嗎？」我深呼吸。

「對你很重要的東西，竟然就是傷害自己嗎？」她冷冷道。

深深地，刺痛了我。

嗚嗚旋轉進心肉，無法拔出的痛苦顫抖。

「我很難受。」我流下眼淚，不再生氣了。

取而代之的，是一種無法被了解的傷心。

「我好像，無法再前進了。」我哭了出來：「沈佳儀，我好像，沒有辦法繼續追妳了，我的心裡非常難受，非常難受。」

淚流不止中，我做出這輩子最重大的決定。

電話那頭的沈佳儀並沒有沉默，她很快就回答了我。

「那就不要再追了啊！」她也很倔強，讓我幾乎握不住電話筒。

我們結束不愉快的對話。

我回到電腦前，在號啕大哭中敲打鍵盤，寫了一封長信給沈佳儀說再見。

再見，再見，再見。

妳永遠都看不見我放棄的背影有多麼傷心，我的幼稚出自我熱血的根性，就是靠著這股熱血，我才能喜歡妳這麼久。

而這份熱血，竟成了妳否定的無謂存在。

八年了，喜歡沈佳儀第八年了。

國中三年，高中三年，大學兩年，喜歡這個女孩的每一天都讓我朝氣十足，每次從睡夢中醒來都知道今天生存的意義。讓我快樂。讓我在這個世界上有非常在意的事物。讓我今夜痛哭失聲。

在人生某個關鍵點上，我明白了沈佳儀與我之間個性的矛盾。這個矛盾我早已知道，身邊的朋友也不斷地提醒我，但我總是以為正經八百的沈佳儀與搞怪衝動的我之間的矛盾，並不是互斥，而是一種反差的浪漫。

人生沒有意外，只能說是命運使然。

錯過了聽見神奇魔咒的時機，卻因為一場荒謬又熱血的怪比賽，讓我與深深喜歡的女孩從此在愛情的路上分道揚鑣，各自化作一條線，在不同的人生路上奔馳。

奔馳，卻又彼此纏繞。

不久後，我交了女朋友。沈佳儀也交了男朋友。

但我們之間的故事，卻沒有因此結束。

八年的喜歡，讓我們之間擁有了更深刻的聯繫。

比情人飽滿，比朋友紮實。

那是，羈絆。

23

我們總是在這個世界上，尋找跟我們「連結」的另一個人。

連結的方式有很多種，有的連結是一種陪伴，有的連結是一種相互取暖，有的連結則是一種淡淡的默契。

而透過愛情而連結的伴侶，則是我們最嚮往的關係。

在安達充的經典漫畫《H2好逑雙物語》中，矮雅玲一個頭的比呂，最後在身高追過雅玲後，還是沒有能夠跟雅玲在一起。

漫畫如此，你們所見的更不是一本虛構的小說，而是我跌跌撞撞的真實人生。

我只能盡力，並不能真正掌握住永遠曖昧不清的結局。

而我，跟沈佳儀的追逐依舊停留在無法跨越的那三公分，很辛苦的三公分。

放棄很苦，真的很苦。苦到我完全想像不到任何比喻去裝載它。

在我學習、或者說習慣「不能跟沈佳儀在一起了」的日子裡，我也得重新連結自己與沈佳儀之間的情感。多半是刻意迴避吧，我有好長一段時間沒有再見到沈佳儀，只是在電話裡頭祝福沈佳儀與她的男朋友，聽她緩緩訴說他們之間的相處，就像……真正的朋友一樣。

而我。與我在一起的女友，暱稱叫毛毛狗。

與毛毛狗交往，對我來說是個很難形容的愛情經驗。我在追求沈佳儀的八年歲月裡耗竭了許多氣力，個性裡許多瘋狂的質素都已燒盡，因此我以一種平平淡淡的節奏，重新去學習喜歡另一個女生。

這一喜歡，又是另一個漫長的八年。

人生永遠比虛構的小說更離奇。就在我與毛毛狗在一起幾個月後，沈佳儀跟男友竟然草草分手了。我在電話這頭聽到這個消息，精神整個抖擻起來。

「未免也太快了吧，為什麼會分手？」我驚訝，心情卻很好。

「喂，你幹嘛裝出驚訝的樣子？你聽起來一點也不覺得有什麼奇怪。」沈佳儀的語氣也沒什麼傷心。

「妳沒有選我，卻選了他，那麼他應該是一個比我還要好的人。說實話我覺得自己已經非常不錯了，但他顯然更好不是？怎麼會對這樣的人提出分手？」我有些難以想像。

「要跟誰在一起，這跟他好不好關係不大吧？主要還是感覺。」沈佳儀頓了頓，慢慢說：「其實從很久以前，我就在猜你是不是在喜歡我了。」

「可是我裝得很像吧？」我笑。

「不管你裝得再怎麼像普通朋友，我還是可以感覺到你對我的喜歡……不，應該說是重視。」沈佳儀一個字一個字慢慢強調：「你對我，很重視。」

「……」

「讓我覺得，自己很幸福。」

某種沉重的情感壓迫我的胸口。我的呼吸驟止。

「從來，就不討厭嗎？」我吐出一口長氣。

「怎麼可能……我很喜歡，你喜歡我。」她小心翼翼說道，像是話中每個字，都有獨特的重量。

那重量擠壓著我。我沉默了很久，沈佳儀也沒有說什麼。

許久。

「那，妳還是沒有說為什麼分手啊？是他對妳不好嗎？還是妳又喜歡上了另一個男生？」我故作輕鬆。

「都不是。我只是覺得，他不夠喜歡我。」電話那頭，沈佳儀若有所思的嘆氣：

「其實我也知道自己這樣不好，但就是無法不提出分手。經歷過你是怎麼喜歡我，就會覺得其他人對我的喜歡，無論如何都沒辦法跟你相比……」

我的靈魂一震。

「原來被你喜歡的感覺，真的很幸福。我以前都覺得太理所當然了。」沈佳儀幽幽說道：「這是我的報應。」

「如果妳在幾個月前告訴我，我不知道會有多開心。」我的聲音很虛弱。

「現在告訴你，難道你就不開心嗎？」沈佳儀哈哈笑了起來。

「……」我苦笑：「非常非常的開心呢。」

開心到，我只能做出苦笑這樣的反應。

我能怎麼樣呢？我已經退出了與沈佳儀的愛情，守在一個名為「友誼長存」的疆界。這個疆界裡，有最充足的愉快陽光，如果我們需要，隨時都可以毫無芥蒂地拍拍彼此的背。

這是塊，真正不求回報的土地。也是我始終沒有離開過的地方。

「我也很喜歡，當年喜歡著妳的我。」我只能握緊話筒，慢慢說：「那時候的我，簡直無時無刻都在發光呢。」

「謝謝你。」她說。

上了大學的我們，一個個退出追求沈佳儀的世界。

到了大三，除了實力最強的我與阿和，參加北醫慈濟青年社（想也知道為什麼！）的謝孟學追到了吃素的女孩，展開終生吃素的嶄新人生。參加逢甲慈濟青年社（真是善良啊！）的杜信賢也交了女友，對喜歡沈佳儀的過去只剩下一個微笑。

那年過農曆年的例行聚會，我們一群人圍坐在地上玩紙牌賭錢，話題還是在沈佳儀身上繞來繞去。

「咦，看樣子『可以喜歡沈佳儀的人』只剩下廖英宏囉？」許博淳說，拿著紙牌環顧四周。

「哈哈，對啊，不介意換我追沈佳儀吧？」廖英宏嘿嘿笑道：「對手越剩越少，而且我最近常常打電話給沈佳儀喔。」

「追啊，交給你了。」我爽然一笑，將牌蓋住：「不跟了。」

「有本事你就追啊。」阿和不置可否，將籌碼推前：「我梭哈。」

於是廖英宏急起直追，每天晚上都打電話到沈佳儀的學校宿舍裡，用他的方式，慢慢地磨，磨啊磨……

在某個夜裡，沈佳儀打電話給我，告訴我她決定跟廖英宏在一起了。

「我第一個告訴你。」她說。

我沒有太訝異，因為廖英宏的確是個很棒的人，更是我的死黨。喜歡沈佳儀的資歷厚厚一疊，裡面寫滿被我陷害的暗黑記錄。

「嘖嘖，我燃燒八年青春都追不到的女孩，他辦到了，真的非常了不起。」我儘量用最不在意的語氣，告訴沈佳儀：「要好好對我的朋友啊，他可是非常非常喜歡妳呢。」

「嗯。」她只是簡單應了聲。

掛上電話，我心情之複雜全寫在臉上。

毛毛狗捧著熱茶走了過來，問我發生什麼事，我只是笑笑說沒什麼。

然後第二通電話打來，是廖英宏興奮的狂吼。

「柯騰！沈佳儀剛剛在電話裡答應當我的女朋友啦！」廖英宏按捺不住的喜悅，看樣子是迫不及待用電話通知每一個死黨了。

「真的嗎！你真是太厲害了！」我跟著笑了起來。

「祝福我！快！祝福我啦！」廖英宏的聲音激動不已。

「廢話，你們一定會很幸福的啦！」我深呼吸，朝著話筒大吼。

廖英宏掛上電話，往下一個死黨報信去。

兩個月後，連牽手都沒有，廖英宏與沈佳儀分手了。

好像，根本沒有在一起過似的。

在跟我們敘述分手的錯愕時，廖英宏好像還無法置信似的，表情超呆，不斷地喃喃自語。我想笑，卻又不敢。

「媽的，這就跟打麻將一樣。」阿和卻是狂拍大腿猛笑，做了以下的註解：「我最早聽牌，柯騰則是硬要過水等自摸，廖英宏則終於胡了牌，可是仔細一看，卻是個詐胡！」

是啊，詐胡。

可我連個詐胡都沒有過……

24

在廖英宏莫名其妙觸礁後，中秋節前夕的某個夜晚，地震了。

當時我趴在寢室上鋪看書，突然一陣天搖地動，整棟宿舍像塊大豆腐般劇烈搖晃，而且好像沒有要停止的跡象。

毛骨悚然地，從大樓的牆壁樑柱發出了轟隆聲響。

「這地震太恐怖了吧！」我坐直身體，看著從睡夢中驚醒的對面室友王義智。

「幹！快逃！」王義智大叫，一個翻身就從上鋪床往下跳。

「好扯。」建漢愣愣地，觀察我們的反應。

「九把刀你還不快逃！我們在三樓耶！」石孝綸回過神，對著我大叫。

於是我們四人飛快跑出寢室，走廊上都是拔腿就跑的住宿同學，大夥在奇異的搖晃中衝下樓，跑到宿舍外的廣場。

廣場上早就站滿了從各宿舍逃亡出來的人，大家都在討論這次地震怎麼會這麼久、這麼強，並開始猜測震央的位置，以及押注明天會不會停課。

明明很可能是場可怕的災難，但大家卻沉浸在熱烈的議論紛紛。直到有人從廣播裡聽到震央可能在台北、並且極可能造成史無前例的災情時，大家才從熱烈的氣氛中驚醒，開始猛打電話回家問平安。

我空拿著手機焦慮不已，因為對外通訊幾乎呈現塞滿的狀態。我不停按著重播鍵，反覆打回家、打給女友、打給沈佳儀，卻只聽見滄茫急促的嘟嘟聲。

好不容易連絡上家人與女友，知道兩家一切無恙後，我卻一直連絡不上沈佳儀。隨著周遭關於地震的謠言越來越多，可疑的震央說法五花八門，但都沒有去除過台北。我的心越來越不安。

公共電話前的隊伍非常長，等到輪到我的時候肯定天亮。

「九把刀，要不要換個地方打！」石孝綸晃著手機，建議：「這裡人太多了基地台超載，我們騎車出去，往人少的地方打看看！」

「這理論對嗎？」我狐疑，雙腳卻開始跑向車棚。

「不知道！」石孝綸斬釘截鐵，也跑向車棚。

我騎著機車離開交大，往竹東偏僻的地方騎，時不時停下來打手機，此時街上全是穿著內衣拖鞋走出來聊天的人們，似乎是全市停電了，街上朦朦朧朧。

直到接通沈佳儀的手機，已經過了好久好久。

「妳沒事吧？」我鬆了口氣。

「沒事啊，只是剛剛的地震真的很可怕。」沈佳儀餘悸猶存。

「妳沒事就好……聽我住在台北的同學說，他們家附近的旅館倒了下來，所以震央說不定真的在台北？吁——總之，妳沒事，真的太好了。」我將機車停在路邊，熄火。

一抬頭，滿天悲傷的星火。

「你呢？在學校宿舍嗎？」

「不算。剛剛挺恐怖的呢，整棟樓好像要拔出地面自己逃跑一樣。」

「你真好。到現在還是那麼關心我，我真的很感動。」她幽幽說道。

「感動個大頭鬼，妳可是我追了八年的女生耶，妳不見了，我以後要找誰回憶我們的故事啊。」我哼哼，故意扯開情緒。

好不容易接通，我可不願就此掛上電話。

由於我喜歡沈佳儀的「歷史」實在是太久了，女友心中對沈佳儀始終存有芥蒂，為了避免跟女友吵架，我跟沈佳儀之間的連絡越來越少，連絡越少，可以聊的話題就變得很侷限，甚至到了兩、三個月才連絡一次的稀薄。

但我卻因此更加珍惜可以聊天的時間。例如現在。

藉著一場排山倒海的大地震，那夜我們像以前一樣，東拉西扯聊了起來，許多高國中時代的回憶被一鼓作氣打翻，洩了滿地。

我的情感，也被莫可名狀的魔法纏捲包覆，在跌宕的回憶裡打滾。

沈佳儀捨不得掛電話，我也不介意被風吹整夜。

「記不記得在大學聯考分數公佈那晚，妳曾經問過我，願不願意聽妳的答案？」我順著風向問道。

「當然記得啊，我想講，但你硬是不肯聽。」她可得意了。

「我那個時候沒有勇氣，現在不一樣了……我想聽。」

「你啊，錯過了大好機會呢。」

我莞爾。

「那個時候我就不明白，為什麼你不肯聽我說喜歡你，想跟你在一起呢？你求我別講，我也就不想自己說了。」

「……」我從莞爾變成苦笑。

「柯景騰，你總是太有自信，口口聲聲說總有一天一定會追到我、娶我，卻在面對答案的時候很膽小呢。」她嘲弄著我。

「因為當時我太喜歡妳啦，喜歡到，如果妳的答案將我拒於千里之外，我會不知道自己該怎麼面對妳……面對我自己。」我很老實，搔著頭。

「不過我也有錯。」

「喔？強者沈佳儀也會犯錯？」

「什麼強者啊？」她噗嗤一笑：「常常聽到別人說，戀愛最美的部份就是曖昧的時候，等到真正在一起，很多感覺就會消失不見了。當時我想，你不想聽到答案，乾脆就讓你再追我久一點，不然你一旦追到我之後就變懶了，那我不是很虧嗎？所以就忍住，不告訴你答案了。」

「可惡，早知道我就聽了。」我恨恨不已：「所以我們重複品嚐了戀愛最美的曖昧時期，卻沒吃到最後的果實。混帳啊，妳果然要負一半責任。」

「還敢說……誰知道那個老是說要娶我的人，竟然一點挫折都受不起，罵兩句就嚷著放棄，沒幾天就跑去交女朋友。好像喜歡我是假的耶！」她糗我。

「哈，不知道是誰喔？竟然用光速交了男朋友這種方式來回應我呢。說我幼稚，自己也沒好到哪裡去嘛！」我糗回去。

我們哈哈大笑，暢懷不已。

嗶嗶，嗶嗶……我的手機發出電量即將用罄的警示聲。

「快沒電了。」

「謝謝你今晚，會想到要打電話關心我。」

「嗯。我才要謝謝妳告訴我當年的答案，說真的，我鬆了口氣，妳的答案讓我知道我對妳的喜歡，原來一直都是有回應的，而不是我一個人在跳舞。這對我很重要。」我看著城市上空的紅色星光，說：「我的青春，從不是一場獨白。」

「你說得真感性，也許有一天你會當作家喔。」

「那麼，再見了。」

「等等……」她急著說。

「喔？」

「如果手機沒有突然斷訊，再讓你聽見一個，應該會讓你臭屁很久的事吧。」

「洗耳恭聽。」

「自從你交了女朋友，我還以為你對我的喜歡，遲早都會讓你跟你女朋友分手，那時就可以名正言順跟你在一起了。結果等啊等，你們一直都好好的，讓我很羨慕，可是也沒辦法。」

什麼跟什麼啊?但我還真的很感動。

然而人生不是一個人的，喜歡，也不是一個人的。

我已經將另一個女孩嵌進我的人生，那女孩的人生亦然。我無法掉頭就走，那也是我珍貴守護的愛情。

「沒辦法，我就是這種人。一旦喜歡了，就得全力以赴。」我承認。

「是啊，我喜歡你是這種人。但其實今年愚人節，我原本要打電話給你，問你想不想跟我在一起。」她的語氣輕快，並沒有失望。

「真的假的！」我大吃一驚。

「真的啊。如果你回答不要，那我還可以笑著說是愚人節的玩笑。如果你點頭說好，那麼，我們就可以在一起啦。」沈佳儀大大方方地說。

瞬間，我整個人無法動彈。

「一點，都不像是沈佳儀會做出來的事耶？」我訝然。

「是啊，所以夠你得意的吧，柯景騰。」她逗趣。

幾乎無話可說，我內心充滿感激。

儘管我無法給她，她所希望的愛情答案，然而我深深喜歡的這個女孩，並沒有吝惜她的心意，她將我錯過的一切倒在我的心底。

暖暖地溢滿、溢滿。

「少了月老的紅線，光靠努力的愛情真辛苦，錯過了好多風景。」我真誠希望：

「也許在另一個平行時空，我們是在一起的。」

「……真羨慕他們呢。」她同意。

沈佳儀的聲音，消失在失去電力的手機裡。

我沒有立刻發動機車，只是呆呆地回憶剛剛對話的每一個字，想像著久未謀面的她，臉上牽動的表情。真想凝視著沈佳儀，看著她親口說出這些話的模樣。

夜風吹來，淡淡沾上我的身，又輕輕離去。

一九九九年，九月二十一日，凌晨一點四十七分，台灣發生芮氏規模六點八的強烈大地震。

那夜，二十一歲的我，心中也同樣天旋地轉。

我與她之間的愛情，總算有了個不圓滿，卻很踏實的句點。

最近發行唱片的地下樂團『蘇打綠』，有首「飛魚」的歌詞很棒：「開花不結果又有什麼?是魚就一定要游泳?」

沒有結果的愛情，只要開了花，顏色就是燦爛的。

見識了那道燦爛，我的青春，再也無悔。

25

電影阿甘正傳說：「Life is like a box of chocolates. You never know what you're gonna get.」人生就像一盒巧克力，你永遠不知道自己會吃到什麼口味。

電影總是裝了很多經典名句，試圖教導我們應該用更寬大的眼睛看待人生，等待成為我們的座右銘。

但我們只是表面讚揚這些句子的盪氣迴腸、雋永意長，卻只能以一種方式真正擁抱它：豪爽地將自己的人生換作籌碼，愉快地推向上帝。

我們的心可以堅似鐵，又保持隨時接受意外著陸的柔軟。

一九九九年底，雜書看超多的我，順利通過了清大社會學研究所的筆試。

到了口試關卡，需要一篇「社會學相關的作品」給教授們審閱，但我之前唸的是管理科學，不是社會學系本科，所以在準備口試作品上遇到了困難。

怎辦？我想了又想，與其含糊地寫篇不上不下的短論文，不如來寫點有趣的東西。沒錯，社會學所的教授們，不該都是很聰明、很風趣的麼？

於是我寫了生平第一篇小說——號稱具有社會學意義的《恐懼炸彈》前六章，充抵學術論文。這篇小說內容敘述一個大學生一早醒來，發覺周遭環境的聲音、語言、文字等所有象徵符號都失去原有的意義，文字變成扭曲的小蟲，聲音變成不規則的噪音，該大學生於是在無窮迴圈的焦慮中，重新確認符號歸屬的可能。是篇帶有伊藤潤二氣味的恐怖科幻小說。

我越寫越有心得、不能自拔，還在資料上附註了這是一系列具有社會學意識的故事，叫都市恐怖病，還洋洋灑灑寫了六個預定創作的小說名稱，與未來三年的出版計畫。

到了口試當天，教授們卻摸不著頭緒，一個個給我竊笑。不知道是感受到《恐懼炸彈》小說裡的幽默，還是那天身上長了跳蚤。

「柯同學，你交這幾頁小說是認真的嗎？」一位教授若有所思看著我。

「超好看的啦！這個小說雖然還沒寫完，但已經可以看出社會學意義的潛質，我發覺在小說創作中實踐社會學，真的很有意思……」我滔滔不絕地解釋。

「等等，你羅列了很多出版計畫，請問你之前有相關經驗嗎？」胖教授質疑。

「沒有。但我的人生座右銘是：If you risk nothing, then you risk anything.如果你一點危險也不冒，你就是在冒失去一切的危險。」我自信滿滿豎起大拇指。

「所以呢？」教授翹起腿。

「我覺得只要我不放棄小說創作的理想，出版計畫遲早都會付諸實現。」我笑笑。

於是，我落榜了。

有很多年，我再也不想不起那一句座右銘的全文。

電話中。

「所以，你要去當兵囉？」沈佳儀。

「不，我有更重要的東西，一定要先完成。」我信誓旦旦。

「什麼東西？」她訝異。

「可能成為我人生的，很了不起的東西。」我看著電腦螢幕上，剛剛貼上網路的未完成小說。

我決定延畢一年。

繼為了李小華唸了自然組、又因為沈佳儀唸了交大管理科學系後，重考研究所的那年，我的人生再度出軌。

這一次，沒有人告訴我應該怎麼做，而是某種內在的強烈召喚。

我用每個月兩千塊含水電的夢幻代價，向家教學生的家長租了一棟三樓老房子，老房子的主人是個經常雲遊四海的女出家人，我算是幫這位師父看守她的故居結界。

在這個超便宜的租屋裡，已愛上了寫小說的我，不僅完成了當初沒寫完的《恐懼炸彈》十萬字，還一路寫了好幾篇中篇小說，《陽具森林》、《影子》、《冰箱》，直到隔年的研究所考試快騎到頭上，我才趕緊拎起書狂啃，卻又忍不住在深夜偷偷寫起長篇小說《異夢》。

《異夢》完成的瞬間，我的眼淚崩潰決堤。我知道在某種意義上，我確認了自己與小說創作之間的「連結」，透過了情感與文字完成了。

從此我與小說，有了無比重要的羈絆。

透過小說創作，我可以將我想要表達的許多東西精密拆卸、組合在文字分鏡裡，呈現在公開發表的網路上，藉此與地球上更多人「連結」。那是我再也無法克制的慾望。

我終於擁有了，真正的夢想：成為故事之王。

創作人與故事之間澆輸養分的臍帶，是很多很多的自我填補其中。片段的，完整的；自覺的，無意識的；表演的，使命的。

而我將對沈佳儀的情感，一點一滴寫進了小說《月老》等故事裡，更將許多朋友的名字鑲嵌進好幾個故事中，聊表紀念。而我知道，終有一天我會將我們這幾個好朋友與沈佳儀之間的青春，裝在某一部最重要的小說裡。

這篇小說將不再是小說，而是一部好看的真實記錄。如同各位所見。

我一直思索著這份青春記錄該在何時動筆，卻沒有答案。

有人說，一個人的一生是好是壞，端看他嚥下最後一口氣時的覺悟，彷彿結局就是一切，過往種種皆不作數似的。類比到小說創作上，我某程度同意這樣的說法——盪氣迴腸的結局，可以為故事添上柔軟又強壯的翅膀，在最後關頭領著一萬顆心扶搖直上。

我習慣仗著對故事結局的洞悉力，往前推演出一個具有張力的結局，所需具備的種種元素，乃至故事環節的節奏鋪排……例如誰需要說過什麼話當作伏筆、誰做的哪些事會影響到主角的決定等等。

但這份青春記錄，就因為希望充滿最真實的氣味，所以竟因欠缺了結局，讓我無法看見這個故事「該怎麼呼吸」，因而遲遲無法開展。

自創作小說後，六年過去了。

從國中就開始認識的我們，已經打打鬧鬧了快十六個年頭。

人生無常，我最可敬的愛情敵手，阿和，他深愛七年的女友不幸車禍過世。阿和一直沒有再交新女友，研究所畢業後，成為掌握千萬訂單的中科業務代表。

一直被我陷害的廖英宏當兵前通過了圖書管理員特考，下個月退伍。詐胡後，他在愛情的航道上持續浮浮沉沉，但始終沒有放棄找到生命中的「那一個人」。

與吃素女友穩定發展的謝孟學當了牙醫，由於我以前常陷害他，所以我絕對不到他的診所拔牙。我可不想聽到「什麼？你要打麻醉？男子漢不需要這種東西啦！」這樣的爛對話。

英文很爛的許博淳玩起大冒險，決意去美國唸資工碩士自殘。許博淳啟程前，我們買了一瓶一九九〇年份的紅酒，象徵西元一九九〇年認識的大家，大家喝得很痛快。

拖到最後一刻，才宣佈原來也有向沈佳儀告白過的楊澤于，明年也要跑去美國唸博士，與即將回台的許博淳換手。

一直用最靦腆方式喜歡沈佳儀的杜信賢，跑到南港當程式設計師，他考上研究所、當完兵、找到好工作都沒請過客，希望他看到這篇小說時能夠好好反省。

總是在抓癢的老曹，工作一年後跑去清大唸碩士。許志彰搬家了，當年放學後大家相約打球的神奇院子從此只存在於記憶。怪怪的張家訓總算放棄糾纏沈佳儀，交了女朋友。跟我同年同月同日生的李豐名，與當年一起在信願行洗碗認識的女孩分手，準備繼承家業。二十七年來都沒有打過手槍的賴彥翔，持續沒有打槍的意願，最近在練習魔術搭訕女生（別傻了！）。

大家都起飛了。

幾個月前，身為國小老師的沈佳儀，打了通電話給我。

「柯作家，最近過得怎麼樣？」她的聲音，久違了。

「超慘，毛毛狗跟我分手了。怎麼？妳要再給我追一次嗎？」我慵懶。

她愣了一下，隨即哈哈大笑。

「這次恐怕不行喔。」她幽幽道。

「又錯過我的話，下一次就是……」我還沒說完，挖著鼻孔。

「六月。」她接口。

「？」

「六月，我要結婚了。」她宣佈。

我莞爾。

真想，給她一個擁抱。

然後給我不認識的新郎，一個勇往直前的屁股突刺。

「新郎……應該是大妳很多歲的男人吧？」我猜。

「咦，你怎麼知道！」沈佳儀大吃一驚。

「我想妳再也受不了幼稚的男孩啊。」我大笑。

她笑著反駁，我熱烈回識。七年前的我，根本想像不到這樣的畫面。

新郎大了沈佳儀八歲，是個典型事業有成的中年男子。沈佳儀一向比同齡的女孩成熟許多，看來是再適合不過。

我心愛的女孩，也要展動翅膀了。

26

「新婚快樂，我的青春。」我寫在紅包上的祝福。

婚禮那天，當年所有喜歡沈佳儀的男孩們全都到齊，連久違的周淑真老師也駕到，一起見證沈佳儀從女孩變成人妻、行情暴跌的歷史畫面。

這根本就是場盛大的老同學會，到訪的有一半都是在愛情路上「志同道合」的難兄難弟……只能看著沈佳儀車尾燈的手下敗將。我們合拍一張怨念十足的照片。

許博淳人在美國，我在紙立牌上畫了一個笑得很白癡的他，放在桌上，每上一道菜大家就大聲嚷著：「許博淳！上菜啦上菜啦！」我們嘻嘻哈哈，興奮到隨時都會掀桌暴動。

「真是的，我一直都以為柯景騰你會跟沈佳儀在一起呢。」周淑真老師搖頭：「虧你還跟沈佳儀一起到我家喝茶，真不中用。你們全部都很遜！」

「老師，其實沈佳儀有跟我告白過啦，只是吼，哈哈哈！」我猖狂大笑。

「報告老師！柯景騰只是嘴巴說說，我才是真的追到過沈佳儀的人！」廖英宏為大家倒酒，吆喝乾杯。

「得了吧，你那個是詐胡！連手都沒有牽過的詐胡！」阿和毫不客氣回敬。

大夥開始亂七八糟討論起，等一下該怎麼捉弄沈佳儀。

「等一下燈光暗下，新郎進場時，張家訓你伸腳偷偷把新郎絆倒啦！」我用力拍著張家訓的肩膀：「反正你腦袋怪怪的，做什麼大家都會原諒你的！」

「我才不要，最後跟新郎合照的時候偷偷踩他的腳就好了。」張家訓歪著頭，想了想：「這樣比較成熟。」

成熟個屁。

「等一下好友上台發言時，廖英宏你去講幾句話，要屌一點喔！」阿和推舉。

「那我就拿著麥克風，很正經地說：勉強的愛情是、不、會、幸、福、的。哈哈！」廖英宏一說，大家笑得前俯後仰，連周淑真老師也笑到快岔氣。

我靈機一動，跑去跟曾暗中幫助過我的沈佳儀的姊姊千玉，要了一隻奇異筆。

「別動，我們來惡搞。」我在廖英宏的額頭上，畫了一條黑色的青筋。

「換我幫你。」廖英宏樂得很，也幫我在畫了條又肥又粗的青筋。

我們兩個「面露青筋人」大剌剌地在婚禮上走來走去，張牙舞爪地裝不爽，惹得千玉姊姊罵我們真是幼稚的小鬼。

是啊，我們就是小鬼，所以才會追不到妳妹妹呀，哈哈。

婚禮正式開始，燈一暗，莊嚴的音樂揚起。

沈佳儀穿著一身典雅的白紗，在聚光燈下緩緩走過我們，抿嘴，偷偷對著大家擺擺手。

真美，聚光燈根本就是多餘的。

是我看過，最美麗的新娘子了。

靦腆的沈佳儀低著頭走到台上，由沈爸爸親手交給新郎，全場掌聲不斷。我們又回復到嘻嘻哈哈的亂歡樂，討論起婚禮結束要怎麼跟沈佳儀與新郎合照。

「柯景騰，前幾天我打電話問過沈佳儀了，她說合照時可以親新娘耶！」阿和得意洋洋，大伙點頭稱是。

「親新娘，可以伸舌頭嗎?啦啦啦啦……」我開玩笑，伸出舌頭亂攪空氣。

「新郎都不會生氣的話，我們每個人都去親吧！」沒追過沈佳儀的李豐名摩拳擦掌，看著賴彥翔：「你沒親過女生咰?初吻就獻給沈佳儀好了！」

「那我們來猜拳，贏的人親第一個！」廖英宏鼓譟，氣氛又開始熱烈起來。

我卻開始神祕地沉默。大家都要親的話，我就絕對不親新娘。

我希望，在沈佳儀的心中，我永遠都是最特別的朋友。

幼稚的我，想讓沈佳儀永遠都記得，柯景騰是唯一沒有在婚禮親過她的人。我連這麼一點點的特別，都想要小心珍惜。我不只是她生命的一行註解，還是好多好多絕無僅有的畫面。

決定後，我看著新娘與新郎親吻的瞬間，突然想到一個很特別的熱血畫面。一個足以將我們這個青春故事，划向電影的特別版結局。

而我計畫已久的故事，在這場婚禮，終於有了明確的答案。

沒有人哭，沒有人懊惱，沒有人故意喝醉。

只有滿地的祝福與胡鬧。

一場名為青春的潮水淹沒了我們。

浪退時，渾身溼透的我們一起坐在沙灘上，看著我們最喜愛的女孩子用力揮舞雙手，幸福踏向人生的另一端。

下一次浪來，會帶走女孩留在沙灘上的美好足跡。

但我們還在。

刻在我們心中的女孩模樣，也還會在。

豪情不滅，嘻笑當年。

滿室賓客一一離去。

不知不覺，大夥在你言我語的起鬨中，突然安靜下來。

這些相熟十五年的老朋友們都沒有說話，不約而同看著彼此手中的酒杯。

「敬，我們的青春。」我舉杯。

大家一飲而盡。

意猶未盡。

後來，我才從一部韓國電影裡知道：法國鄉間傳說，熱鬧喧騰的眾人如果突然靜了下來，便是有天使悠悠經過……

我說，天使可曾離開過？

「等一下要做什麼當ending？」廖英宏打了個嗝。

「去打棒球啦。」我伸了個懶腰：「我們多的是力氣，去棒球打擊練習場邂逅落單的美少女吧！」

就這樣。

齊聚一堂的黃昏，便在宣洩青春尾聲的鏗鏘揮擊聲中，悄悄劃下句點。

目睹了曾經深愛的女孩得到美麗的幸福後，我回到熟悉的電腦前，打開word文書程式的新檔，一邊將數位相機裡的相片存到電腦裡。

游標停在第一行，底下一片空白。

故事有個美好的結局，只需要起個精彩的頭。

我看著婚禮上的照片，思緒又陷入多年以前。

有一個成績爆爛又愛吵鬧的男孩，被老師託管給一個氣質優雅的女孩……

座位前，座位後。

男孩衣服背上開始出現藍色墨點。

一回頭，女孩的笑顏，讓男孩魂縈夢繫了八年，羈絆了一生。

「這個故事需要一個意義豐盛、翅膀柔軟的名字啊。」我笑笑。

那些年，我們一起追的女孩。

The End

那些年
我們一起追的女孩。

國家圖書館出版品預行編目資料

那些年 我們一起追的女孩／九把刀著；—初版.—臺北市：
春天出版國際, 2006 [民95]
ISBN 978-986-7135-57-5（平裝）

857.7　　　　95010118

愛九把刀 04
那些年 我們一起追的女孩

作　　者 ◎ 九把刀
作家經紀／活動洽詢 ◎ 群星瑞智藝能有限公司（02-55565900）
總編輯　◎ 莊宜勳
封面繪圖 ◎ 恩佐
內文插圖 ◎ 恩佐（©內文插圖由台灣東販HERE!雜誌授權轉載）
封面設計 ◎ 小美@永真急制Workshop
內頁編排 ◎ 數位創造
音樂詞曲 ◎ 九把刀
音樂編曲 ◎ 陳奕璇

發 行 人 ◎ 蘇彥誠
出 版 者 ◎ 春天出版國際文化有限公司
地　　址 ◎ 台北市信義路四段458號3樓
電　　話 ◎ 02-7718-0898
傳　　真 ◎ 02-7718-2388
E－mail ◎ frank.spring@msa.hinet.net
網　　址 ◎ http://www.bookspring.com.tw
部 落 格 ◎ http://blog.pixnet.net/bookspring
郵政帳號 ◎ 19705538
戶　　名 ◎ 春天出版國際文化有限公司
法律顧問 ◎ 蕭顯忠律師事務所
出版日期 ◎ 二〇一八年十月初版497刷
定　　價 ◎ 260元

總 經 銷 ◎ 楨德圖書事業有限公司
地　　址 ◎ 新北市新店區寶興路45巷6弄6號5樓
電　　話 ◎ 02-8919-3186
傳　　真 ◎ 02-8914-5524
印 刷 所 ◎ 鴻霖印刷傳媒股份有限公司

ISBN 978-986-7135-57-5
Printed in Taiwan